红：陪安东尼度过漫长岁月 I

a journey, through time, with Anthony

安东尼 著

2005—2007

I can't help but ...

我忍不住

我一直一直在想你 思念带来前所未有的甜蜜

湖南文艺出版社
HUNAN LITERATURE AND ART PUBLISHING HOUSE

I seem to have an ocean hiding in my ear.

不知道为什么 右耳朵 总是能听到海水的声音

If I fall asleep, the city will pass by in the blink of an eye.

最喜欢坐公交车 在最后一排左边的位置
坐着坐着就睡着了 好像一眨眼就走过半个城市

Can you see me ... can you see me now ...
I'm a naughty child making ten thousand messes just to make you notice me.

你看见我了吗 我是一个坏孩子 坏一千遍 坏一万遍……
一直坏到你看到我

a journey, through time, with Anthony

Standing in a greenhouse full of cacti with a balloon named "happienss" in my hand.

这是一个种满仙人掌的花房
我拿着一个叫“幸福”的气球站了很久 很久

a journey, through time, with Anthony

In the sky above this great island came to realize that the body can travel a lot faster than the mind.

当我身处 南半球这个 巨大岛国上空的时候
第一次感觉到 身体可以走得比 思绪还快

a journey, through time, with Anthony

So many people have lost faith in love are you ... one of them?

那么多人都不再相信 爱情了 那你呢

a journey, through time, with Anthony

The chance of meeting this person you are holding hands with now, is close to a miracle.

能和你现在牵着手的那个人 你们相遇的概率简直是近乎奇迹

Big herds of sheep scattered on the yellowish grass, This is my own adventure.

看到 很多很多黄色草地上的羊群 这是关于我的历险记

The starlight we see at night, how does it travel all those lonely lightyears?

晚上我们看到的那些距离我们几光年的星星
这些光真的在 宇街中寂寥地穿行了好几年才让我们看到的吗

a journey, through time, with Anthony

Every now and then sunshine is warm making life extremely long.

有的时候 阳光很温暖 让我觉得一生都太过漫长

a journey, through time, with Anthony

On my way out of town I started pondering what travel really is.

离开的时候 我在很认真地思考 旅行的意义

a journey, through time, with Anthony

Someday I' Il be able to let it go.

总有一天我会释怀的

You take care.

保重

a journey, through time, with Anthony

Gazing upon the moon makes me feel so small. All those feelings regarding my success my failure become so insignificant that they can be overlooked.

每次看月亮的时候 我都觉得那些 困扰我和让我喜悦的失落和成就
都好像 屁一样 根本什么都不是嘛

a journey, through time, with Anthony

You' re always with me.

你喜欢我 陪了我这么久 即使我骄傲 自私 做作的时候 你都在

a journey, through time, with Anthony

The future that we have been so nervous and curious about is still bright in my hearts.

那些 我们一直惴惴不安 又充满好奇的未来

会在心里隐隐约约地觉得它们是明亮的

a journey, through time, with Anthony

送给 亲爱的 小茧

看到很多很多黄色草地上的羊群
这是关于我的历险记

序

结束之后 写在 开始之前

【一】

是个 爱做梦的人

幼儿园的时候 梦见日本鬼子成群结队地 翻过我们家大院的大铁门 在深夜放火 抢夺

小学的时候 梦见天空忽然暗下来 然后远处天边 刹那出现耀眼的火焰 天好像打开了一样 然后 看到宇宙星系 以及异常绚丽的极光 尽管那时 我还不清楚极光是个什么东西

似乎 第三次看 《罗马假日》的那个晚上 梦见我和大臣们站在罗马宫殿里 众多记者围住我们 有个记者问我 吃过那么多蔬菜你最喜欢的是什么 然后 我想了一想笑着 大声回答 茄子 闪光灯照得我睁不开眼（也可能是睡得太熟的缘故）

我 甚至 梦见过 小王子 和彼得·潘好上了

真的 真的 多么古怪荒诞的桥段我都梦见过

不过从来没有梦见过 我会出一本书 而此时此刻 我正在为它写序

【二】

编辑发来《陪安东尼度过漫长岁月》的图书申报表 让我仔细填好之后给她 这个是出版社出版的一个必要程序

看着申报表上 内容提要 作者情况 和选题特点 手指头在键盘上蹭来蹭去不知道要如何开始

想说 这本书 其实没有什么 内容

嗯 没有曲折情节 没有激动时候的动情拥抱 没有笑里藏刀的狠角色 没有很阳光或者很腹黑的正太少年 也没有我喜欢的那样有点笨笨的 执着而又心地善良的少女

它只是一个集合

网络上的日记 墙上的便条 书包里的笔记 和聊天记录里的话

想说 也许 它很真实吧

【三】

现在 读到这些字的人 我很好奇你会是什么样子的人
实在想象不出 选择这样一本书的人会是怎样的

不过 如果一个我这个年纪的人 写了一本即使不深刻 但是很真诚的 记录生活的书 我是很有兴趣读一读的
想到这里的时候 我多多少少能感觉到你一些了

【四】

高中语文课上 有个标出关键字词的练习
比如 灰色意大利羊绒围巾
你觉得关键的字词可能是 灰色 可能是羊绒 或者产地

陪安东尼度过漫长岁月
哪一个词是我想 标记出来的呢

我想 可能是 陪 可能是 度过 也可能是 漫长岁月

【五】

今天山上下雨 结了雾的窗户上有 早上醒来的时候 手指擦过的痕迹

阴天 往外面望去的时候 草地和树木都显得更绿了

很高兴认识你 你 和 你

这样

安东尼 上

Sunbury, VIC, Australia

2007-11-4

那些我们一直惴惴不安又充满好奇的未来

会在心里隐隐约约地觉得

它们是明亮的

红：陪安东尼度过漫长岁月 I

[2005年8月16日 500g的雀巢咖啡罐子]

忘记了去年夏天写了怎样的文字 在电脑前 想了很久 思路还是延续着同样的感觉 这让我很困惑 因为本来想写出来更有质感的东西

不过仔细想想 会有这样的感觉也没有什么奇怪 性格中的慵懒与不求上进 使我对生活的周而复始也并不觉得厌恶

假期里因为要准备考雅思 所以没有打工 陪萌萌在KTV找工作的时候 人事部的经理问我要不要过去当服务员 想了想 谢绝了

一直在听*Music Radio*（《音乐之声》） 有这样一个音

乐电台是幸福的 永远都不知道接下来是什么音乐 所以每次打开收音机的时候都是满怀欣喜

夏天的时候 皮肤就很容易出油 我是典型的混合性皮肤 T字区在洗脸以后一个小时就开始变得油光光的 会习惯性地用手擦

我的房间不大 今天忘记怎么的 妈妈提到它只有九平方米 当时一下子觉得屋子变得更小了 纱窗的洞洞似乎过大 蚊子可以凭着它们的意愿自由出入

晚上开着灯看电子书 偶尔抬头一看 Oh my god（我的上帝） 灯附近聚集着一堆蚊子 顿时起了一身鸡皮疙瘩 爸爸已经睡着了 我问妈妈 敌敌畏放在哪的 妈 反问道 什么敌敌畏 就是杀蚊子的那个 我说 那叫枪手 她纠正

我心里暗想 枪手的主要成分不也是敌敌畏吗 狂喷一气 蚊子是全部歼灭 不过敌敌畏对我也起了作用 次日早上起来 头疼得很 完全没有食欲

开始准备雅思 有的时候去 大连市图书馆 一天下来 眼睛会觉得干涩 胀胀的 在罗美买眼药水 回家以后打开电脑的时候就用了 明明是滴在眼睛里的 可是嘴里却有怪怪的甜味 看

来眼睛和嘴真的是连在一起的 怪不得说 秀色可餐呢

不知道为什么 右耳朵总是能听到海水的声音 有的时候右耳朵会忽然觉得潮湿 像是有水要从里面流出来 不过如果闭上眼睛仔细体会 却又抓不到那个感觉

下午睡觉起来以后就会出一身汗 然后懒懒的 在床上坐着 阳光真的很好 空气像是被洗衣粉洗过一样 有洁净的清香 这样安静的午后 世界似乎只是一个九平方米的房间 光柱里飘浮着的灰尘变得异常真实

总是莫名地觉得幸福 尽管我还不知道幸福是个什么东西

八月的最后一天 感觉上 夏天真的很快就过去了

[2005年9月9日 卡西欧卡片相机]

2005年9月9日 22：44 这是一个奇怪的数字

想起欧文前几天发过来的短信 他说 来来 回回 反反复复

我想 这小子初中语文学得一定不错 我初中的语文老师说 词语中 字的重叠能加强语气

细致的 深刻的 饱满的

用拒人千里之外的冷酷来掩饰自己试图与人亲近的热血沸腾 这算完美人格 还是闷骚呢

这是我最近的生活状态

2005年9月9日 22：44 在这个时间之前的两个小时里 我一个人在厅里百无聊赖地看电视 妈妈睡了 爸爸被人请出去吃饭 没有好节目 于是不断地更换电视节目与躺着的沙发和躺在沙发上的姿势 就那样躺了很久 然后想起来说要在考试之后好好写点什么 开始刷牙洗脸 蹲在电脑椅上写下下面的文字

记得在某一部电影里 一群寻求宝藏的人发现了很多金子 由于贪心他们所有的袋子都被金子坠破了 唯有一人用LV（路易威登）袋子装走了满满一袋子黄金 说来或许好笑 至今我对于那电影没有任何印象了 却只记得那个LV的袋子

是贪婪的人 渴望被爱 被拥抱 被理解 被接受

又是自私的人 拒绝去爱 去尝试 去解释 去接纳

小帅是我女朋友的现任男朋友

我们在学校里见过两面 第一次是在我女朋友告诉我 因为我不爱她而和我分手的第二天 他们拉着手出现在我面前

第二次是一个沙尘暴现身的傍晚 狂风四作 漫天黄沙 我们一直都没有说话 他长得不难看 总穿着半长的黑色毛领风衣 单眼皮 看人的时候眼神麻木而又直接

他在MSN上和我搭话 后来我们就认识了

他说 他养了一只狗 很高兴

我问 喜欢动物吗

喜欢

为什么

因为 它们不笑

村上的书 看多了吧 你 我说

经过一段时间的交流 我给他诊断为间歇性自闭

那你呢 他问

我是 阳光美少年啊

你 给 我 滚 他说

记得上小学的时候 很害羞 几乎没有朋友 和别人说话的时候会紧张得 喘不上气 或者 应该说潜意识里非常排斥和别人说话 现在想想 真是一个极其令人讨厌的小孩

十二岁时候的我 万万想不到 二十一岁时候的自己会变成这个样子 不仅语言没有障碍 甚至有一点饶舌 总是能把饭店或者商场的服务员逗笑 好像彼此很熟的样子

小帅问我 人为什么会死

我说 书上说 人之所以会死 是因为 身体不能承受进化的能量

拿到 第一台自己的数码相机 几天的时间就照满了1G的内存

照得最多的是朋友和家人的生活状态 妈妈围着围裙拿着湿毛巾切圆葱的样子 爸爸在沙发上睡着了 左手拿着《周末画报》 的财富本 右手手指微弯放在胸前 铭很认真地用直

板摩托罗拉回手机短信 萌萌皱起眉头一边笑一边耍彪 旭刚刚醒来睡眼蒙眬 欧文拿着卷起来的EASY当麦克风 唱歌

也照很多的树木花草 房屋建筑 下午两点时地上不断游移的阴影 夏天树上的知了和草地上吐着舌头喘气的狗

给很多的公共汽车站牌拍照 喜欢大连这城市 也喜欢坐公交车 在最后一排最左边的位置 坐着坐着就睡着了 好像一眨眼就走过半个城市

这是一个 很小的城市 很早以前 那个我们都很喜欢的市长说 不求最大 但求最佳

这里有很多好听的站名 绿波桥 春柳街 天津街 长春路 西南路 人民广场 中山广场 星海广场 香炉焦 李家街 高尔基路

有的时候会隐隐约约地觉得 想要一直待在这城市 结婚生子 慢慢地老去 平静而安稳的一生

我喜欢的女歌手 又一次结婚 好像怀孕了 还要退出歌坛

她说 如果有一天我不再唱歌了 希望你们忘记我

怎么忘记呢

夜半做梦 梦到喜欢的人

早上醒来 忽然想到那个女歌手唱的歌 她唱 思念是一种

很玄的东西 如影随形

我喜欢的一句话 有时候阳光很好 有时候阳光很暗 这就是生活

睡了

晚安

安东尼 上

[2005年9月17日 床上 躺]

你涂了水蓝色的指甲油

我就亲吻你的手掌

骨头烧成灰烬

女人消失

他们 口渴了 开始呐喊

花园长出鲜花

到处都是白光

谁是谁的天堂

天空落下大粒水滴

红：陪安东尼度过漫长岁月 I

你的泪腺呢

公交变成火车

他唱 过去不曾过去

像猫一样睡着

只剩下 你的 孩子气

太阳那么大

广播里传来声音 明日降雨概率 百分之七十一

小满的时候下了小雨

小满雨 谷物丰 小满晴 田地旱

寝室外边的田地被雨水滋养 变成黑色 感觉满是营养

农民开始耕作 盼望这一年的好收成

晚上的时候 天气变凉 最近总是阴晴不定 每天都在换衣服 大风的时候不喜欢穿衬衣

最近在论坛上看到一句话 一直以来 我都是沉默的孩子为此 我付出了巨大的代价

语言总是带来错觉与冲突 我觉得

[2005年10月3日 落灰 蚊帐]

这是一段非常奇怪的生活

每天上午都要听那个不很地道的老外 讲很不地道的外语

感冒了 有几次 在图书馆写论文的时候 流鼻涕 还以为是流鼻血 弄得紧张兮兮

[2005年10月24日 椅子上 蹲]

我一直一直在想你 思念带来前所未有的甜蜜

[2005年10月28日 揉折过的 吸管]

很早很早以前 我都忘记了是什么时候 大概是小学吧 第一家KFC进驻大连 记得那天有大风 阳光很好的样子 我和程一起去吃 每个人要了五十块钱左右的东西 排了好长时间的队 那一次还要了土豆泥 之后去KFC从来不吃 我们一边吃一边笑 旁边墙壁上的玻璃映出我们的表情 忘记了为什么 当时

那么开心 十多年以后 KFC的番茄酱还是比麦当劳的好吃 而且越来越Chinese Style（中国特色） 即使这样 我还是那样喜欢麦当劳 我知道 这并不仅仅是因为麦当劳的甜筒比KFC的更香 也不是因为我对双吉的偏爱 我只是喜欢它的明亮 和随时都可以离开 随时都可以留下的那种感觉

清泥瓦桥的MC 应该是大连的第一家吧 它的对面有一家串店 每次我和欧文经过那里的时候 都要到那里吃一碗焖子 煎得有一点硬的焖子 放一些芝麻酱 尽管很热 可是眨眼的工夫欧文就可以吃一碗 我们一直站着吃 享受的样子 感觉上那条商业街上的人从来就没有断过 那里的MC是两层 有一层是地下的 这家店有很大的门面 和我非常喜欢的落地玻璃窗 经常能看到MC的姐姐带着一群小朋友们 在门口做操 门口有一张麦当劳叔叔长椅 我和鸣曾经在那里合影留念过 那时候还是小学 我穿着绿色鸡心领毛衣 鸣戴着日本的学生帽 他的表情很严肃的样子 我已经习惯了鸣的认真 我只是笑 假期的时候 陪萌萌来这家店应聘 和她坐在一楼墙角的一张二人桌 萌萌很认真地写着简历 字写得快而漂亮 然后我和姐姐在胜利

百货买项链的时候 萌萌发短信过来 说她被录用了 又发短信过来说 很累 最后又说 路过的时候一定要认真看看玻璃上的那个大M 都是她擦的 我不喜欢吃这家的鱼堡 从来就没喜欢过

百年城二楼夹层的MC 我喜欢这里 二楼后座 不大 但是明亮 楠总是喜欢约我在这里见面 她经常迟到 然后我就要一包薯条慢慢等 下面的人群川流不息 走走停停 但不显得乱 对面是劳动公园的青山和上面耸立的电视塔 摩天轮 总是慢慢地旋转 好像从来没有停歇过的相对静止 我想买PUMA（彪马）这一季针织的彩虹帽子 可是断货了 铭陪着我满大连地找 西安路百盛 锦辉商城 长春路百胜 森格体育 运动大本营 新玛特 麦凯乐 太平洋百货 百年城 都没有了 我们累到不行 在这里休息 铭喝了一口可乐然后说 不要紧的 等以后我看见了 买一个给你邮过去 我就一直笑 好呀 好呀 我说

家乐福二楼的MC 只有上去的电梯 没有下来的 这让我觉得不怎么地道 不过那里的服务员 服务态度很好 笑得很真

诚的样子 有一次我穿着火焰红的摩托车防风外套 戴着一个耳箍 挎一个肩包进去 大家一下都来看我 整得我挺不好意思的 觉得自己像一幺蛾子 我还在这里出丑过 当时MC推出摇摇乐 我不知道应该放其他调料进去 结果只挤了三包番茄酱进去摇 然后摇出来的很恶心的样子 被同学鄙视了

沈阳北站的麦当劳 是经常光顾的店 墙壁上有鲜艳的 大花版画 咖啡可以续杯 一直喝一直喝 晚上就睡不着 只好不停地给你发短信 去哈尔滨的时候 在这里吃的汉堡 从喜来登出来的我 在这里等火车 早上八点刚过就有很好的阳光 透过落地玻璃窗 暖暖地洒在身上 会觉得恍惚 好像陌生的世界来了一个陌生的人 然后我就开始恍惚地想 夜里时候 你看着我的表情 和身体擦过皮肤的感觉 盯着金灿灿的大M 有的时候会想 其实所有的麦当劳都一样 在不同的地方起着相同的作用 给我们一个歇脚的地方 找个理由恍惚一下 休息一阵

旭从日本发图片过来 麦当劳明亮玻璃后面的灿烂笑容 每次打开文件夹 看见那照片的时候都会觉得刺眼 会想起高

中毕业的那年夏天 旭在麦当劳里等我 我匆匆赶到的时候他就是这样的笑容 他还一直埋怨 怎么来得这么晚呀 这么晚 然后伸出手 揉乱了我额上的头发

忽然之间就不知道要说什么好了 也不知道要如何结尾 这是一件让人头疼的事情

还要认识很多的人 还要发生很多的事

只是那些喜欢过的人还会再遇见吗 那些感动过的事还会再怀念吗

到处都有麦当劳 每次想到这个我都会觉得幸福 就像我们总是坐在金黄色的大M下 不变的单纯笑容

[2005年11 月3日 有皮肤味道的 被子]

焖饭的时候 只插了电源 忘记按开关 于是一直停留在保温状态 米饭做出来以后没法吃

下午听歌的时候 右耳朵又开始疼 这一阵子不能用入耳耳机了 估计

总的来说 我觉得我的耳朵还是很通吃的 入耳耳机 挂式耳机 耳包 都可以很长时间地佩戴 也不会觉得不适

大部分耳机 只有调到很大声音才能听出来它的好 可是这样对耳朵又不好 于是我选择大音量 短时间地听歌 不过我经常听着听着就把后半部分忘记了

铭 有一款 铁三角的耳机 会随着声音的强弱而震动 红色和黄色很讨喜 可是我耳朵太敏感 用那个听 rock（摇滚）一点的 就控制不住 觉得很痒 很难受

最近买了 铁三角获了设计奖的那个em7的耳挂 觉得声音听起来只能算不错 令人觉得惊奇的是 它居然能把耳朵夹得如此舒服 缺点是不适合躺下来时 佩戴

[2005年11月11日 扣在眼镜上的 指甲]

“风 天空 十七岁 影像 自杀 未完成 胶片 云 花朵 一支又一支的香烟 枪 消失 听不见的唱片”

“我喜欢……在你离开之前离开你……云朵中穿行……

让海沙漫涌过我的脚背……噎着的时候把你想成就我命的那一杯水”

“你看见我了吗 我是个坏孩子 坏一千遍 坏一万遍 坏到……你终于看见我”

你是真的不喜欢冬天吧

用润唇膏 可是 嘴唇还是干得起皮 不停地喝水也不管用

用牙咬 已经起皮的部分 有的时候 拉出血来

过了这个冬天就要离开了吗

去那个赤道以南的国家 那里正是夏天 你一定很开心吧

嗯

还是 那边的夏天正好刚刚过去 你要连续过两个冬天

[2005年11月24日 香水 味/大 冒险]

还记得那天 你们一起登上高塔看芦苇的样子吗

风一直狂妄地吹 好像脾气糟糕的人在 自娱自乐

你的头发都乱了

你不停地笑

你不是随意呓语 你真的听到了

就在你抱着她的时候

那么清晰的声音 你不知道从哪里传来的

你只是 跟着说了一遍

一只乌鸦口渴了

她抱住了你 噘起嘴来逗你笑

她以为你讲了一个冷笑话

我们玩 真心话大冒险 你要选一个人 亲耳朵的时候 你选择了我 我悄悄地开心了

[2005年11月 26日　鞋带总开的红色 All Star（帆布鞋品牌）]

最近的心情一直在飘浮着

不着地

就是恍惚 没有理由的
也不知道要说些什么
和欧文走了很远的路 都只是沉默

觉得很 没有底 很没有底
开始想很多的事情
坐在那里 动也不动的 一下子就好几个小时

我是被什么困扰着呢

接下来在 国内的日子里
想 什么都不再去想了
什么都不想

踏踏实实地和朋友们一起

[2005年12月5日 白色 感康]

有的时候 语速会变得很慢

我试图把我最真实的想法表现出来

不加任何 修饰和遮掩

我说 你是毒药

你说 我也是解药

可是为什么我开始觉得

自己病入膏肓了呢

所以你骗了我

一定是这样

开始喝牛奶排毒

顺便预防禽流感

周三开始考试 可是什么东西都不会

从现在开始 到周三之前

我要把自己当畜生对待了

[2005年12月6日 总是盖不紧的力士 沐浴乳]

男生R和女生L是男女朋友 他们都是我朋友

R与L总是吵架 几乎每次吵架都动手

有一次 晚上九点多 我们练完跆拳道 穿过操场回寝室

R就出现了 我还没反应过来 他与L就打起来了

这个时候的R让我很害怕 好像是一个不认识的 有狂躁症的人

后来稀里糊涂的 我就和R打起来 女生们 带L离开了

只剩下我与R 他坐在地上 抱着头开始哭 他说他不知道为什么自己会这样

说他喜欢L

断断续续地说着些什么

坐在他身边的我 没有仔细听 我在想 小王子 光顾的一个住着一个酒鬼 的星球

小王子 问他 为什么 不停地喝酒

他说 因为我难过

小王子 问 那你 为什么难过呢

酒鬼回答 因为我酗酒

现在 我觉得那个酒鬼愚蠢的同时 还有一点可怜他呢

[2005年12月12日 折好的准备钻进去的 被窝]

做了个 非常××的梦

是这样的

老顽童和洪七公找我爬山

好像来到南方 还是什么地方

看见了 连战还是宋楚瑜也记得不是很清楚 在一个大湖旁边 视察农村工作

（我觉得是）

然后我们三个也没理他们

开始爬山了 那个山 真是非常高
非常陡 而且也没有路

两个老东西 爬得飞快（不知道 吃了什么）
我在小心翼翼地爬 口干舌燥的 又出了一身汗

我说 休息一会儿吧
老顽童说 现在的年轻人怎么都 一个个这个样子 娇生惯养的
洪七公说 对呀 对呀
我咬紧牙关

又爬了 一阵子
来到一个比较平的地方
老顽童说 休息一会儿吧
我当时很 高兴

结果 他对我说
安东尼 你到山下买两瓶水来……

然后我就吓醒了 一身汗

[2005年12月13日 几乎没有趾甲的 小趾]
玫瑰说 我 可以 见你了
狐狸问 你 可以 驯养我吗

这里的 可以 不能被 能 代替
可以 多了一些余地 和温柔的小心翼翼
可以 是一个很有爱的词

[2005年12月24日 棉鞋里已经湿透的 袜子]
你说 不要再给我买东西了 别再浪费钱的时候
我在想

我不怕浪费钱 我没有那么多钱浪费 我只怕我的那么多的感情你都不在乎

[2005年12月25日 起了 毛球的红色帽子]

为什么 每个圣诞节 都会觉得 很寂寞

[2005年12月27日 拥挤地下 商场]

我和欧文说 我妈妈现在整天在家 看一部叫 《大长令》(da zhang ling)的韩国连续剧

欧文愣了一下 然后笑得不行 说 那个是 《大长今》(da chang jin)

我和他犟 我说 ××令 在韩国古代指官员的职位 然后我们打赌 一瓶可乐

当然 我输了

红：陪安东尼度过漫长岁月 I

晴天讲 不二仔叫大长今 big long today 呵呵 强

[2005年12月30日 6亿次心跳和8秒钟距离]

I want to hear but not to listen（我愿倾听，但不愿关注）

I want to say but not to tell（我愿诉说，却不想累述）

在网吧上网

旁边的一个女生在看 不知名的韩国娱乐节目

她总是 发出很奇怪的声音 然后身体还不停地颤抖

我有一点害怕

觉得她会 忽然 转过来 咬我

于是我 默默地 时刻准备着把鞋踹到她脸上

[2006年1月1日 ×战记 大阿尔卡那]

算塔罗牌 我一直觉得结果比过程重要

如果结果是好的 总觉得 即使过程再艰难 也不要紧

最喜欢的牌是 世界 最不想看到的牌是 正位的 塔

[2006年1月 5日 封面有果汁 渍印的流行小说]

我开始不相信这些 关于你的 关于我的 关于语言 关于表情 关于神态 那些诺言 那些思念 那些温柔的叮嘱 和残酷的对白 我都不想再相信了

慢慢地我开始 只 相信 时间

音箱没有发出吱啦吱啦的声音

是因为你没有给我讯息

宝贝 如果世界上 没有一个地方可以摒弃寒冷的话

那么请你一直跟着我吧

觉得冷的时候 我就可以拥抱你

安东尼 上

红：陪安东尼度过漫长岁月 I

我愿意陪你一起去任何地方
也喜欢和你拥抱
只是我就在想
那么多人都在排队 等着和你拥抱
轮到我的时候 我是不是 早就冻死了呢
宝贝 上

[2006年1月9日 嘀嗒 嘀嗒 嘀嗒]

“最喜欢早上 好像什么都可以重新开始
中午的时候就开始觉得忧伤
晚上最难度过”
日日如此

[2006年1月12日 黯淡水汽中的 摩天轮]

对不起 我不能对你微笑
对不起 我不能和你讲话

这是一个种满仙人掌的花房
我拿着一个叫幸福的气球站了很久 很久

[2006年1月18日 马戏团小丑 凶猛]
写作的最高境界就是 写童话
童话的最高境界就是《小王子》哦吔

我一直在计算着 逃课 去上海
在 收音机里Music Radio 一直重复 我要上学 的那个公益广告的 时候

有的时候 我会想一些很蠢的问题
比如 晚上 我们看到的 那些距离我们几光年的星星
它们的光 真的在宇宙里 寂寥地穿梭了 好几年才到达我们的眼睛里吗

[2006年1月22日 下雪次日 温暖的光]

是吗……真的……我忘记了……记不得了……想不起来了……不知道……大概吧……

总是这样 记得的太少 忘记的太多

我是傻瓜还是糊涂蛋 明明是那么认真地快乐与担忧过 怎么就这样彻彻底底地忘记了呢

我总是记不住我家的楼号 去办宽带的时候还要打电话回家问妈妈

记不住从北站到二舅家的公交车是几路 尽管我已经坐了两年多

记不住大部分同学的名字和样子 从小学到高中 大学

每个人的习惯都不一样

我喜欢亲你的额头 你喜欢吻我的眼睛

你总是记得 我一再地忘记

你说会不会有一天 我把你也给忘记了 就像忘记那些事一样

[2006年1月24日 搬家了的 动物园]

上小学的时候 有一天我和邻居家毛毛哥哥放学回家时捡到了十元钱

好像 那时候 小学周二都是上半天课吧 他带着我 坐公共汽车去动物园的游乐场

玩了很多游乐项目 最后剩下两块钱 只够一个人玩那个旋转飞椅 操作机器的叔叔说 你们一起吧

我现在还能记得 毛毛哥哥很认真地和我研究 那个旋转飞椅叔叔 真是一个好人的表情

后来 动物园从市中心搬到市郊 规模扩大了三四倍 可是除了学校春游 我都没有自己去过 不知道怎么的 就是没有感觉了 难道是因为我长大了吗

游乐场不知疲倦 周而复始地运转

它不知道的是 即使它二十四小时不停歇 也不会有人三百六十五天留下来

[2006年1月25日 两两三三 片尾曲]

以前看一部电影 结局的时候就会感叹 相爱的人怎么没有在一起呢

现在看差不多同样的 电影

发现

原来 她说早

他说你好 的时候

他们就已经在一起了

以前看一部电影 男主角 抱着女主角说 我爱你 的时候

我都感动得觉得自己看到了永恒

现在看同样桥段的 电影

觉得

原来 连永恒的第一秒也没有开始呀

这样的我 是进步了 还是回旋了呢

[2006年1月26日 睡觉前 总要发个短信]

昨天晚上和萌萌发消息

她说 其实大家都是普通人 都挺善良的 也都傻 怕寂寞 有的时候耍一些小聪明 都希望别人对自己好一点 可又懒得付出 就这样而已

我没有回复 不过觉得她说得很好

[2006年1月27日 动感 新势力]

也许 等到一切归迹于无声的时候 才能让你真正听到那句 我喜欢你

不管之前的喧嚣怎样爬过我们的伤口 但剩余的每一天都会在每一个 喜欢你的日子里

被你喜欢

[2006年1月29日 圣弗朗西斯科]

清和临去美国的时候说

过去我没有来得及珍惜的人 请你们珍惜自己

过去没有来得及珍惜我的人 请珍惜现在或将来的人吧

[2006年2月1日 吃了五顿 的一天]

瘦怎么了 又不是我不想胖（可能是我不想胖……）

我是瘦 可是我很健康

所以 爸爸和妈妈的那些朋友啊 请不要再 一边摇头 一边用不可思议的表情说 这孩子怎么这么瘦啊

[2006年2月6日 粘了 头发丝的枕头套]

开始放假

每天上午十一点左右起来

下午四点多睡一小时

晚上一点多再睡

名副其实的有规律 错乱生活

[2006年2月8日 喝多了以后 很真诚地 小便]

很认真地思考了以后 确定了两个事情

一 初恋是 那个初中同学

二 最开始 喜欢上大学的女朋友 是因为 我骑自行车载她她很自然地搂了我的腰

[2006年2月9日 叫 村上的 男孩]

1

“记不得。”我说。

“怪事，为什么？”

“因为或许这样才好受。”

2

“见过患败血症的猫？”

“没有。”我说。

“全身整个变硬，石头一样硬，一点一点变硬的。最后心脏停止跳动。”

我叹息：“不愿意它死去。”

3

“就是说，想得到的东西——无论什么——肯定到手。但每当把什么弄到手时，都踩坏了别的什么。可明白？”

“一点点。”

“谁都不信。但真是这样。三年前我就意识到了，并且这样想：再不想得到什么了。”

她摇头说：“那么，打算一生都这样过？”

“有可能。不给任何人添麻烦。”

“果真那么想的话，”她说，“活在鞋箱里最好。”

高见。

[2006年2月11日 没有 好好跟随你的 钱包]

和同学 看电影《春田花花同学会》

很无厘头的电影 明星众多 喜欢动画部分

导演 赵良骏 好像漫不经心的电影 其实里面有大道理呢 我觉得（也就是所谓的真谛……）

我在想 我们的生活就是由同学构成的

幼儿园 学前班 小学 中学 高中 大学……

即使是那些你不认识的人 也是同学的同学吧

曾经 我们幻想着成为国家栋梁

曾经 我们一起吃火锅就那么快乐

曾经 我们都希望早点 长大 觉得那样 生活就不一样了吧

其实还是一样的 因为我们始终没离开春田花花呀

我们都还是孩子 怀着不同的理想 在不同的岗位上忙碌着 好像真的成了社会精英

可是 我们还是忍不住 犯傻 做蠢事 瞎寻思 一点都没有

精英风范呢 呵呵

最后各个职业 来路不明的大家 捧着饭盒 一起大声唱 春田花花的幼儿园的歌的时候 感动到我

总觉得 我们的雄心壮志 理想抱负什么的 绕了一个大圈子 变成了很简单的事情

真好

[2006年2月12日 二流生产线的 麦片]

我不想说 你幸福就好 一点都不好

狐狸勉强微笑着对小王子 说 你看 至少我留下了麦田的颜色啊

我想 小王子 离开以后 那麦田只会让狐狸 觉得更难过吧

要麦田的颜色 有个屁用

还是我太狭隘了呢

[2006年2月13日 向 电驴致敬]

看《蝴蝶效应》

离结束还有 十五分二十四秒的时候才看明白

这部电影 给我最大的启发就是

当你有能力改变你以前经历过的生活的时候 不要轻易尝试 除非你想最后落得一个胎死腹中

生活总有一个平衡 好与坏 爱与恨 快乐与悲伤 热闹与寂寞 不可以改变的

[2006年2月14日 只只说 甜蜜 日]

爱是旅程 彼此要好好地对待 因为要结伴走很长的路

为什么 每年情人节的时候 天气都不是很好

看一部日剧 被一个桥段感动了

在 鬼屋 出口的镜子上写道

“能和你现在牵着手的那个人

你们相遇的概率简直是近乎奇迹

希望你们就算回到了明亮的世界也不要放开彼此的手”

[2006年2月15日　因为姿势 和气温 没有掉下来也没蒸发掉的泪水]

12号的时候在星海广场看焰火表演

舟舟带着弟弟还有Summer

每一年都来海边看焰火 和不同的人 我就是这样的后知后觉 什么是开心的事 总要以后回忆起来才知道

就好像那天早上 你对我说 宝贝我上班去了 等我

记得去年这个时候 也是我们一群来看焰火表演 快要开始的时候 忽然发现你不见了 我问舟舟 他说不知道啊 于是我就回去找你

我在上万的人中 找你

即使 空中炸响 表演开始 也无暇顾及

后来 看到你 一个人在草地上 看焰火 我走上前 对你说 你丢了

你转头来 看我 你说 在这里看很清楚哦 一颗黄色礼花绽放 将你眼瞳映得明亮

晚上 7：30的时候 随着一声炮响 准时开始 持续了将近一小时

不停地按下快门 后来手都冻木了 就把相机放到口袋里 只是抬头看

看烟花是一个很寂寞的姿势 即使是一群人一起做

它们不断地在空中莫名的地方铺展 然后消失不见

眼睛终于疲劳以后 烟花也不再带来任何视觉冲击 酸涩地开始流泪

烟花表演结束以后 我们走了很远很远的路 很远很远

今天去森茂大厦 订了机票

红：陪安东尼度过漫长岁月 I

大连到东京到墨尔本

[2006年2月 22日 边嚼口香糖 边胃疼]

放假这段时间 一直是小姨在 照顾我

做饭 收拾家 洗衣服……

每天给我热牛奶 买水果 做猪肉圆葱包子 和炸花生米

我整天在家什么都不做

当小姨 不小心扔了我的东西的时候 我不开心地很大声地和她说话

今天早上 我在上网的时候 小姨进来说 要给我洗袜子

我不好意思 说 我自己洗

小姨说 快点给我吧 几下就洗干净了……

想说 谢谢小姨 也没说出口

晚上 吃包子的时候 我就一个劲地说 好吃 吃了一大盘子

小姨 对不起 谢谢你

[2006年3月9日 或者 不需要那些假象 欺骗自己了吧]

现在是 2006年3月9日 明天就要出国了

旅行箱被塞得满满的放在厅里 想说 旅行箱的潜力是无限的

欧文听说 我订的日航以后 对我说 一定要在日本厕所大便一下

晚上和母亲大人 谈话 以理想抱负开头 最后说到 女朋友

妈说 看到好的可以处一处 现在可以开始找了

我说我从小学 就已经开始找了啊

母亲大人 诧异了 说 我怎么都不知道 一直以为你挺单纯……

然后 我们说到了×× ××× ×× 和×××

说来说去 我明白了母亲大人的意思 就是 我只有海选的权利 但最后还要交给她老人家PK

10号 下午一点 大连到东京
10号 晚上七点二十 东京到墨尔本
11号 早上八点四十到
So long yes it is so long（如此漫长）

[2006年3月11日 不准哭 不准哭 不准哭]

一九九一年的时候 陈可辛出品 《双城故事》 他的双城是 香港与三藩市 那时候的曾志伟还没有现在这么油 很招人喜欢 那时候的陈可辛 不像《如果·爱》那样欲罢不能 更多的是朴素 含蓄 感觉清新 我一直喜欢 那个时期的香港电影 比如《甜蜜蜜》《阿飞正传》《新不了情》那些市侩的 亲情 爱情 小甜蜜 小心酸 小心思 和不经意的 眼角眉梢的风情 本

来那么简单而又生活的东西 看着 看着就浓郁起来 不知道这算是 唯美 还是那个时期香港电影独有的 我所不能描绘的韵味

七年之后 莫文蔚出了一张专辑 《就是莫文蔚》 主打歌是《双城故事》 为她制作的讲述 中国香港 中国台湾地区之间的 双城故事 那个时候的莫文蔚 还没有加入新力 总觉得新力之后的 莫文蔚 尽管延续了她的独特唱腔和性感 却失去了滚石年代的舒适 就是莫文蔚这专辑 打眼一看乱糟糟的歌曲排列 可是CD包里会一直放着 《双城故事》里 伴随着前奏以轻松的口哨声开始 然后莫文蔚以欢快慵懒的嗓音唱 千山万水沿路风景有多美 也比不上在你身边徘徊

又过了七年 春节刚过 我还是每日和同学出去逛街唱歌打麻将 某日突然快递来了 出国留学的签证 和对方大学的COE（入学登记确认） 然后在一周的时间内 买旅行箱 订机票 联系在澳洲的房子 装箱子 有同学问我当时什么心情 我说好像小学要出去春游的前一天 小学出去春游的前一天 我都

会失眠 不过出国的前一天 我睡得死死的 第二天早上 大队人马来到大连机场 满满两个行李箱超重了许多 爸爸说不要紧 他已经和朋友说好了 结果爸爸找的朋友是 全日空的 可是我订的机票是 日航的……眼看飞机就要起飞了 还没有check in（检票登机） 然后在那个全日空的叔叔的说情下 交了一千多块罚款总算让我进去了 就这样稀里糊涂的 连给我妈和姐姐哭一下 的机会都没有 我就一边挥手一边傻笑地进了候机厅 在JAL（日航）的大客机里坐好 把耳机塞在耳朵里 阿信唱 《嘿 我要走了》 很强又长的前奏弄得我 斗志昂扬 可是听到他唱 如果你还肯听 我想说声我爱你 反正自作多情是我看家本领 嘿 我要走了 昨天的对白已不再重要 我已见过 最美的一幕 只是在此刻 都要结束……一下子反应过来 我要离开中国了 要离开大连 这个我生活了二十年的城市 然后 不知道 是不是飞起加速时的巨大冲击 鼻尖开始不断颤抖 用手捂住了眼 飞机一下子腾空

[2006年3月16日 在日本没有大的 便]

亲爱的不二 很多时候 都是思想走得太快 身体跟不上

但是 当我身处 这个南半球 巨大岛国的上空的时候 我深切地感受到

身体走得有点太快了 思绪跟不上

尽管飞机上大部分都是外国人 也没有任何带入感

晚上 脱了棉衣 穿里面的 短袖睡觉 插在耳朵里的耳机也没拔 睡得很浅 但 还是睡着了

早上的时候 日本的女生 打开化妆包 一道道工序地往脸上涂抹 男生们 洗漱以后 对着小镜子 开始用发蜡抓头发

我抓紧了 毛毯 往外看 明明前面大屏幕已经显示来到了澳大利亚上空 可是 底下都没有 城市或者楼房的样子 全是树木和小小的房子 在心里隐隐约约地觉得奇怪

飞机 着陆 滑行 然后往后一顿 就这样我来到了 墨尔本

我带了雀巢的汤包 所以过安检的时候 开箱检查了一下 那个男生问 你的表格上不是说 没有带吃的东西吗 我心里想

这个又不是直接吃的 但嘴上说 对不起 我不知道

然后 那个男生 看了看 我拿的感康 金嗓子喉宝 说这些都是药吗 我说 是

他说 好了你过去吧

出机场的第一个感觉就是 嗯…… 墨尔本空气真好

[2006年3月18日 只有 放在盒子里 才觉得好看的墨镜]

刚来的时候 受到师父和那那的款待 放下行李以后 就被他们带到越南市场买菜 持续恍惚中

接下来的日子 在ANZ（澳新银行）用学生卡开了账户（如果用学生证的话 可以免服务费）办了电话卡 买了月票

租了离学校很近的house 由于刚换的名字 所以要两天以后才来电 于是很早就睡觉了 睡觉的时候 并没有什么异样的感觉 只是早上醒来的时候 会在心里暗暗地对自己说 哦 我在国外啊

[2006年3月20日 她说 好样的 年轻人]

晚上和Yanyan出来 绕着学校的橄榄球场跑步 回家的时候 看到学校图书馆 扔出来的 桌子和椅子

那桌子是实木的 沉得很 我和Yanyan往家里搬 过马路的时候 有车子停下来 前灯打在我们身上 开车的人一脸不耐烦的表情 我有些不好意思

就这样 我和Yanyan反反复复 三四次终于搬完了

刚来这里的时候 无论买什么 都要把价钱乘以六（汇率因为澳币太活跃 现在 已经将近七了）然后觉得什么都很贵

生活一切从简

中午吃饭的时候很冷 感觉到夏天已经越走越远了

city里 空气中 有各种香水的味道

穿着 八块半的夹角拖鞋在 伊丽莎白大街上 走 觉得自己好像出现在 某部不卖座 却又口碑不错的电影里一样

[2006年3月22日 我的单纯 有些残忍]

做饭的时候 听一个音乐电台（类似于 国内的 Music Radio)）

有一句唱到 当我照镜子的时候 看到的不是我自己 而是我应该成为的人

开始和 世界各地的外国人打交道

日本女生 爱 是今天调查的搭档 她是学舞蹈的 打招呼的时候 小臂不动 手掌在身前摇摆一下

我们中午吃午饭的时候 她拿着筷子喊 一他打可一马斯（我开动了）

我们调查的结果 被老师表扬的时候 她忽然给我一个大大的拥抱 我当时 有点尴尬 不知如何是好

韩国人 告诉我 怎么在城市的图书馆租 免费DVD（数字化视频光盘）

巴基斯坦人 皮肤棕色 牙齿白 喜欢握手 男生与男生之间很亲昵

泰国人 说英语快 表情认真 觉得地道

我每天都在 不停地思考很多的事情
可是又总结不好到底 思考了什么

每天都是从拉百叶窗开始 拉百叶窗结束
晚上做 奇怪的梦 一睁眼就忘记了

[2006年3月 28日 云上 很明亮 有时]

在大连的时候 有一个阶段 疯狂地迷恋打出租车 不过最喜欢的交通工具其实是 公共汽车 小学五六年级的时候 周二下午没有课 电视又不播放节目 鸣 萌萌 和我就揣上一些钢镚儿 出去坐公共汽车 随便上一趟公共汽车 然后 随便在某一站下车 接着换另外一趟 公共汽车 又随意地下车……可能是大连太小了 我们就这样一直坐下去 也从来没走丢过 有的时候在公共汽车上玩无聊的游戏 比如向穿红色衣服的人招手 说嗨 比如和路边戴帽子的人 面无表情地对视 弄得他莫名其妙为止 有的时候 我们就坐一排 谁也不和谁说话 小脑袋整齐地看着窗外 那个时候觉得自己懂得很多 后来鸣去了法国 萌萌

去了别的城市 再也没有人陪我玩 这游戏 坐公交车的习惯倒是一直没戒掉 夏天 午觉以后 迷迷糊糊地到院门口的 快客买酸奶 或者 Pepsi（百事可乐） 然后就去坐公交车 可能是因为太热了 车上都没有什么人 坐在公共汽车的最后一排 左边的位置 把车窗推开 有暖风扑面 公共汽车慢悠悠地行驶 穿过一个又一个 广场 热浪一波一波的 加上后排座位的些许颠簸和公共汽车行驶时的咯吱咯吱的声音 不到一会儿 便又有了睡意 过了星海三站 便马上觉得清爽起来 空气里弥漫着海味 透过玻璃直射进来的阳光 好像频谱治疗仪的那个温度 能听到公交车咬字不清的中英文报站 声音 能听到车上 大连话独有的海蛎子味的对话声调 轮胎撵走小石子 咯吱的声音 身体愈合的声音 听不到

有轨电车 是大连的一个特点 我小的时候 它的样子是绿色的 好像火车 却更圆润 不慌不忙地在城市里穿梭 不知道是因为它的读音 还是速度什么的 我总喜欢把它叫作 乌龟电车 我一直觉得 乌龟电车会很好开 因为轨道是固定的 是不是只要踩油门就可以了 乌龟电车有两个车头 每次到终点站的时候 司机叔叔 或者阿姨 就会拿着大大的茶叶杯子 从车的这头

走到那头

旭去日本的前一天 我从大学偷偷逃课回大连 铭 旭 和我坐在冬日星海湾的海边 许久许久三个人都没有说一句话 旭不知道是在看海还是在走神 我玩着手底的沙 然后铭忽然欢快地说 两个彪子都要出国了 这个城市就剩下我 然后他笑得很做作 那天喝剩的啤酒瓶 留在海边 我们都没收 后来把旭送上出租车 他很用力地抱了抱我 说你出国好好照顾自己 因为是偷偷回大连 晚上我和铭坐电车去他家睡 在车上的时候 我不断地想 明天出国的人不是你吗 为什么 要嘱咐我好好照顾自己呢 想着想着 顾不上车上那么多乘客 就哭了 用有沙子的脏脏的手擦眼睛

墨尔本城市内的 有轨电车 公共汽车 和火车 都是一个公司的 所以 只要买一张票 就可以随便坐 有一种票 叫 2hours 是在买票之后下一个整点开始计时的 所以有些人 就等到 ××：01的时候再打票 这样2hours 就变成了 3hours 墨尔本公共汽车的座位 很舒适 后部分有两排座 是背对着窗的 乘客面对面坐着 Paul说 坐那里感觉像坐过山车 这个我感觉不到

bus来的时候 你要在站台上招手 否则他看到有人也不会停 上车时 司机会热情地和你打招呼 如果要下车 就按车上的红色按钮 下车的时候说谢谢 司机会冲着后视镜对你笑 有一次 我和那那 迪迪逛完市场坐公交车回家 bus开进了一条 我们都不熟悉的街道 正纳闷的时候 司机在一个 麦当劳旁边停下来 他对乘客说 等等我 然后 下车 五分钟左右 抱着 一袋巨无霸套餐回来 我惊呆了 晚上特别晚的时候 bus里会开青紫色的灯 忘记是谁告诉我说 这是防止有人在车上注射毒品 因为在这样的灯光下 看不到血管 也不知道是不是真的

火车上 有各个国家的人 澳洲人 法国人 中国人 希腊人 日本人 越南人 印度人 意大利人……很多人都带着iPod 也有很多人 埋着头看书 黑人和黑人 彼此不认识 也能上来就握手 有橄榄球赛的时候 因为球场附近的停车场根本不够 所以很多球迷就坐火车 去体育场 然后就看到 满满一火车的 穿着球服的球迷 有些家长给孩子的脸弄上彩绘 有小猫 小蝴蝶 还有队标 火车站 到处是这样的人 恍惚得让我觉得有点 哈里·波特

[2006年3月30日 对着 空可乐易拉罐 听海声]

今天和妈妈讲电话 她问 在这里吃得怎么样

我说不好 这里吃的东西好贵

妈妈马上说 千万别在吃东西上 省钱 钱不够的话 她和爸爸再给我寄

我在想 妈妈是笨蛋吗 不是应该说一些 类似于 儿子 钱要省点花 或者 赶快开始打工之类的话吗

妈说 她在家里 看我小时候她帮我记的日记 看着看着就哭了

说 觉得我真的长大了 不再需要她照顾了

电话这边 我鼻子也开始酸了

赶快随便说一些 有的没的 转移话题

上网 旭说 他要从日本回大连了

小四说 我要去大连签售哦

我在想 你们都回来这个城市 在我不在的时候

[2006年4月11日 室温 cheese cake]

题记： 阿信有个个人作品 叫 happy birth day 欧文告诉我说 这个happy birth day 不是通常我们说的生日快乐的意思 它的意思是 身边有这么多的亲人 和朋友 生活得很快乐 所以因为自己出生 而觉得开心

“一开始你就特别
从眼神就很体贴
我们都 不穿鞋
光着脚穿越耳语流言
在这之前 我 到底是谁
你 出现我 眼前
一瞬间 一切都改变”

我已经正好十八岁零四十八个月了

比起深邃的东西我更喜欢肤浅的 不过偶尔深邃一下也许并不坏

其实都不是小孩子了 过生日不是什么大事 当我想为这

次生日写点什么深邃的东西的时候 我发现这很难

大概这是因为我过着并不深邃的生活

所有我所想到的 都是你们 在过去的二十二年里 出现在我生命里的人

你是双子座 聪明善良 我小的时候你喜欢穿连衣裙 蓝色的那件我很喜欢 我经常让你生气 可是我知道大多数时候 你因为我而骄傲着 总能想起大学时候 从别的城市回家时你在门口等我的样子 和我进门时候你打量我的表情 我长得越来越像你 现在我开始自己生活 开始了解一些事情 买菜做饭很麻烦 如果别人不认真吃会不爽 衣服要洗得很干净 很白 不容易 坐便器要定时清洗才会没有异味……我在想 就算我知道了这些 一定还有一些你默默地为我做了我却不知道的吧

你是金牛座 高大的 是我生命中出现的第一个英俊的男人 小的时候你喜欢把我扛在肩上 后来我长大了 可是在大院里走的时候你还是喜欢拉着我走 我还能想起来上高中的时

候 你为了让我们英语老师给我补课的时候点头哈腰的样子 我想老师一定猜不出你在单位的时候有多威风 快要五十岁的男人 有孩子一样的纯真 妈妈学校的老师说得很妙 你的灵魂是透明的 你的真诚 孝顺 慷慨 我还正在学习 你发福了 所以要少喝酒多锻炼 想得太多会累 那就别想了 对我和妈妈好才是王道 这样你会幸福的 昨天我们第一次视频的时候 你穿西装打领带 我当时挺激动 一直在喊爸爸 爸爸 你就一直在擦鼻子 你是感冒了还是哭了

你们俩是我姐姐 我总是很自豪地和我朋友说 我两个姐姐都好像模特一样 我惹你哭过 当时我很难过 我一直说 你要嫁个金龟婿 嫁个金龟婿 可是你真要结婚的时候 我却很不爽 我一直想阻挠来着 不过没起作用 你结婚的时候 我就在想婚礼上我一定要比那个男的帅 我连西装都穿上了 可惜那天我鼻子上长了个包 我们现在很久很久没见面了 我开始自己给自己买牛仔裤了 也不知道颜色和裤型你喜不喜欢 你送我的指环的项链我还一直在戴 听说你现在也看我的文字了 那么这些你能看见吗 还有你 这个冬天也要结婚了 可惜我都不

能回去 你说你要等我回去再结婚 姐夫要暴走了吧 我真的觉得你适合烫头 和你一起看剧很爽 出国前我们一起看的《迷失》 躲着妈妈 晚上的时候默默地看 你要女人点 当然 临走前你对我说不要耍小性子 我也记住了 你说我给你介绍的那个韩国保养品很灵 我就在想 你现在有多白呀

你是金牛座的 我们小学是同学 初中是同学 大学还是同学 我看着你从小女孩变成女人 你说这缘分是不是比天安门前国旗杆还要坚定 小学的时候我就喜欢去你们大院玩 你们家电视怎么能收那么多台 你们院那些老干部挺孜孜的 就连现在我去你家找你 他们都用审问的口气问我哪儿来的 和你什么关系 还记得当时我们玩神仙的游戏吗……简直是……害得我现在一见到你们院那几个小孩就不好意思 大学考试之前我在图书馆看了半天 还是什么都不会 只好给你打电话 结果晚上八点多还在写论文的你 就穿着人字拖 披着头发从寝室抱着书出来 给我讲题 所以我都没挂过 还拿了奖学金 我们一起吃过的那家大外附近的面馆我还想去 怎么那么好吃呢 小的时候我喜欢说你彪 你当时就生气不理我 现在我还喜

欢说你彪 不过你一本正经地对我说 你懂什么 老娘是大智若愚 我在这里看见了你喜欢的那个大嘴猴 它是一个美国的牌子 那天上网的时候 我对你说 你快点过来吧 我会好好照顾你的 当时我是很认真的呢

你们是狮子座和水瓶座 我的初中的哥们儿 当时我认识你们的时候 我还不了解星座 不过现在想想你们都是有光芒的人 和你们一起的时候 你们总是先说话 我喜欢这样 我经常想 你怎么那么好看呢 怎么能和谁都打成一片呢 当我发现我们成了朋友以后 我就很开心很开心 那时候放学 我们一起走看到一个很可怜的要饭的老爷爷 你说 看他多可怜 你把他带回家吧 结果那天吃了晚饭后 我真的和我妈说要带一个老头回来住 我妈妈面露难色说 那你明天给他带点饭吧 后来我们考到了一个高中 可是我没去念 花钱去了重点 后来你去了日本 后来我走了 后来你又回国…… 你说你会来看我 等你有了钱就来 你什么时候才能有钱呢 你也是我小学同学 我们高中大学都在一个城市 我知道你不善于表达 这很好 我去你那里住的时候 你就睡沙发 我睡床 你说 谁要是欺负你就告诉哥们

儿 还有你 后来这城市好像就剩下我们两个 你喜欢叫我Q 我不知道是什么意思 你很够哥们儿 每次我找你你几乎都能出来 然后我们就一直走路 我出国的前一天去找你 你送我一条虎眼的手链 说你也不知道买什么东西好 说这个可是真的哦在商场里买的 我都忘记我们最后是否拥抱了下 只记得你把我送上出租车说再见以后 我都没有回头 只是在后视镜里看到你站在那里 站了很久

你是金牛座 是我大学同学 我没想到上大学后会遇到对自己这么重要的朋友 可是还是遇到了 和你一起我什么都不用操心 你是太灵的人什么都能摆平 我们总是一起出现在校园里 食堂 图书馆 教室 车站 我偶尔会想 现在你一个人做这些事情的时候是什么样子呢 后来那那告诉我 你同学经常过去 还给我看了你们一起拍的搞笑视频 我看的时候 高兴的同时还有一些失落呢 我现在很期待你过来以后我们的生活 到时候我又可以无忧无虑了 又能听你K歌了 还能看你要彪 呵呵 真好真好

你是双子座 我们的认识纯属偶然 其实之前我没看过多少你写的东西 我第一次给你发短消息的时候把你名字都打错了 你说 拖出去 斩了 后来你写一些东西的时候 偶尔问我觉得怎么样 其实我一点也不关心你写了些什么东西 文字是意象 和你一起的时候才是真实的 你聪明 总是说有意思的 发现新鲜东西 和你一起的时候 我都觉得自己变笨了 现在你成了我老板 有时你会指导我一下如何写东西 你也会鼓励我说 我看好你哟 通过你 我还认识了很多很好的朋友 很开心 很开心

还有很多人 你们都出现在我的生命当中 影响着我 然后我就成了现在的我 谢谢你们

“为什么快乐也会流下眼泪
灌溉了我的荒野
开满了玫瑰
我不累 我不睡
我不休息 我不阖眼
我不想浪费 每一秒

在这 有你 的世界”

[2006年4月16日 内八控]

一个微波炉的期限有多久 磁控管两千小时 高压变压器三千小时 高压电容器三千小时 转盘电机三千小时 电扇电机三千小时 定时开关五千次 炉门的开关次数按标准不少于十万次

什么都有期限吗 凤梨罐头有期限 护照visa（签证）有期限 浦发信用卡有期限 全脂牛奶有期限 连密封在蓝色铝盒里的Pepsi也有 那快乐有吗 悲伤呢

是不是一个人一生只能说一万次我爱你 所以有些人怎么也不肯说了

是不是一个人一辈子只能哭一千次 所以有些人即使亲人离开 爱人分手 心被揉捏得粉碎 神情恍惚 也都没有一滴泪水 想哭的时候却又哭不出来 每每如此

亲吻 有次数吗 那剩下的 我只想和你分享

胃疼有次数吗 我是不是要熬到头了

我在异国早上起来以后对你的思念有次数吗 那一定快用光了吧

离开有次数吗 在那以后我就会幸福了

幸福有次数吗

嗯

[2006年4月21日 下水口有几根头发的 浴缸]

前天晚上 我刷牙的时候 看见窗户上 有一只蜜蜂 在爬

我以前被蜜蜂蜇过 不过 大概是因为童话还是教科书的关系 还是对这种动物存在好感

我想我要把它放出去……（我家洗手间是封闭的 不知道它怎么进来的）

可是刷牙以后 我涂个VE面膜就去看《虫师》了

昨天早上 我刷牙的时候 有看见 窗户上的那只 蜜蜂 它

不怎么动了 偶尔转一下脑袋

我想 我得赶快把它救出去了 就用屋子里的小品客薯片盒子 给装出去

可是我刷牙以后 看见上课的时间就要到了

装了书包 拿一片面包就往学校跑了

刚才我放洗澡水的时候 发现

窗户上的蜜蜂已经死了

洗澡水还在 哗哗地放着

我就在想

那些我本来说好 我很喜欢很喜欢的人

那些我告诉他们我想和他们一辈子的人

我真的用心对待了吗

会不会 就在我做别的不重要的事情的时候 把他们忘记的时候

他们已经死了 或者说 对我 死了心呢

[2006 年4月26日 总是 丢失的 皮革手链]

有的时候我会觉得意淫是很美好的事情

如果你心里没有大熊猫 那么即使它再珍贵也没有你每天上学时看见的 邻居家院子里懒洋洋的 看都不看你的超大只的 哈士奇重要

如果你心里觉得 你爱上某只了 那么你恋爱了

如果你觉得她也爱你 那么恭喜你 你可以爱得死去活来了

有的时候 应该摒弃你所觉得的事实或者假象 开始很真实的意淫

[2006年4月30日 英俊的 石像天使]

今天 和那那在 KFC避雨的时候 给我们做咖啡的是 一个十五岁第一次工作的小男生

他擦桌子 擦到我们这边的时候问 咖啡怎么样 这是我第一次在这里做咖啡

我说不错

他笑得很好看

雨小了一些以后 和那那不经意 来到一个墓地

有上了年纪 头发花白的老太太来扫墓 没有带伞 表情平静

我觉得 墓园 是一个 可以 好好思考事情的地方 不知道为什么会这样想

[2006年5月2日 订在窗上的 薄被]

开始了 十天的假期

上午时候睡醒 在床上睁着眼睛躺着 不想起床

对面的房子上飞来一只乌鸦

叫了几声 让我觉得房间更安静了

保持那个姿势躺了一会儿 竟然莫名其妙地 认真地 大声对着空气 说起英语

Most of the time I can get what you said（在大多数时候，我能听懂你所说的话）

媛子生日 我们去海边

我觉得 澳大利亚的海 是真正意义上的海 沙子又白又细海水清澈来了又去

每次在海边的时候 就会往很远很远的 地方 眺望

可是 海真的是太大了 什么都看不到

那个神通广大的人啊 如果每次我许愿的时候 都是相同的愿望 你可以帮我实现吗

[2006年5月6日 字幕是 但愿你 听得懂]

To 欧文：

查看邮件的时候 看到你的email

你问我 你有没有一点点感觉到 我在这边很认真地想你呢

昨天晚上我就一直在想 你的话

今天早上也在想 最后我发现 我似乎好像 没有感觉到呢

而且 我 似乎好像 也没有很想你……

嗯 我没有很想你

说出这个的时候 我很难过

我也不知道为什么

好像 我们认识的那三年时间 被这里的火车一晃 再一晃就都消失了

一天天 我都不知道自己脑子里想了些什么

Walkman（随身听）用大音量 反复播放

身边没有了那个 唱歌的你 我也能戴着耳机 在地铁站里飞快地走 只是没有表情罢了

不像你在旁边时那样 边走边闹 你唱的那些难听的歌我都快忘记了

你说你唱得那么难听 我怎么还是忘记了呢

只是那那用 我要飞得更高的调调唱 我要吃根雪糕 的时候

我就想起你了

你不在身边 我都一个人走 他们都走得太慢 也许是我走得太快了 他们总是让我慢一点

可是我慢下来以后 光是走路就差点绊倒自己

然后 我看了你去五月天演唱会 路上的照片 也是戴着耳机的走路的背影 你也走得很快

可惜的是 最终 我们还是没有一起去看五月天的演唱会 然后跳那个傻死了的 小护士舞

哦 对了

我们都背着很重的双肩包 你用Mizuno（美津浓） 我用S.B.Polo（圣大保罗） 仅仅是偶尔能用上的东西也要装进去背着到处走

我给自己买了很多的咖啡 结果都放在那里没有喝 现在每天只是喝奶 一周就喝十多斤

我们在 学校做雀巢公司的代理的时候 你发明了怎么用

牛奶把速溶咖啡变成卡布奇诺的方法 你说 我冲给你喝

我们去别人寝室卖咖啡的时候 我不好意思进 然后每次都是你和那那敲门进去说

我现在住的地方 临街 有点吵 院子里有一棵大树

此刻 外面是阴天 似乎要下雨了 这里总是下雨 空气湿润 偶尔也有一级棒的阳光 现在 旁边窗户外面 有成群的鸟在飞 白色的 会滑翔飞行的鸟 也许是海鸥什么的吧

我一切都好 睡觉 上课 打工 挺充实的

我变得坚强了

You take care（你需要坚持下去）

We must be strong and carry on（我们必须坚强并且继续做下去）……

[2006年5月8日 在浴缸里 泡到发皱的手指肚]

亲爱的不二：

那么多人都不再相信 爱情了 很多人都说 爱情是假的 或者 世界上没有长久的爱情 你觉得呢

昨天S对我说 我陪你的时候 让我想起一件事情

寒假的时候 我和M在网上

M说 我在找装修的图片

我说 我陪你找

那时候 我家的网速很慢 还经常死机

我从晚上十点 一直找到第二天清晨四点半 几乎浏览了Google（谷歌）上所有的链接

把所有的照片 分类 压缩 传给M的时候

M 你还没睡呀

我 嗯

M 我在看电影呢 你快点睡吧 快点

我 好

然后 五点钟的时候 我很开心地上床睡觉了

不二 你是一只 这么深邃的兔子 很多时候 我都不知道你在想什么

你是否 正在爱着某人呢 如果是的话 一定要很用力 很用力地爱

我也解释不好

如果你喜欢的人也喜欢你是什么感觉

反正 比你最困的时候 我抱你上床 要好一万倍

比新宠夸你帅 也要好一万倍

比 我们之前所有的旅行 加起来的快乐 也要好

那个我还蛮喜欢的 作家说

“我们常听到的话 不表示就值得相信

很可能是那些 懒惰的人 随口说说而已”

[2006年5月10日 人见人爱的 All star]

穿 帆布鞋是 一种态度

[2006年5月15日 原来double cheese 就是双吉]

在 房东Rose的帮助下 找到了第一份工作 在台湾人的大超市里 搭架子 摆货 每小时 十澳元

最近的日程表是

8：00 起床 刷牙不洗脸 一杯牛奶 吐司一夹 飞奔到车站（车上睡觉）

9：00 开始上课

15：30 下课 坐车去sunshine打工（车上睡觉）

17：00 开始打工

22：30 下班（车上睡觉）

23：30 到家 开始做晚饭和第二天的午饭（冲澡）

1：30 看集*Friends*（《老友记》）（上床睡觉）

每天都感觉不够睡一样 打工很辛苦 不过计算一下 一分钟就相当于 人民币一块钱 感觉上好像有个猪形储蓄罐 每隔一分钟就 当啷一声掉进去 于是干得很有劲

最近来了几个 集装箱 我们负责把集装箱里面的货清空

集装箱里 满是灰尘 晚上回家的时候 满脸灰蒙蒙的 还总是咳嗽

台湾老板娘 说话很友爱 她说 这些放喇（那）边 喇（那）些放这边

台湾老板问 那那叫什么英文名字 那那说 Fred

老板说 fly的 胖胖的 飞不起来啦

眼看着 那那就 窘了

晚上做梦 梦见初中时候的我 踢完足球以后 跑去学校旁边的小铺买可乐 我竟然说

I wanna Pepsi please（我要百事可乐）

我已经到了 连梦里都要说英文的程度了 shock（震惊）

[2006年5月21日 醒了以后 仍开心得想笑的梦]

去city看一个 个人收藏的 油画展

大多都是一百年前的 油画

有一些有感觉 有一些 没有感觉

有一幅 大概高两米的油画 是澳洲的画家画的他的妻子

线条轻盈 细致 画中的女人 有微微睡意

油画右下角 画家写上 妻子的名字 和 午后 的字样 那名字的首字母 用莓红小心翼翼地描过

突然 明白为什么 一幅画可以卖到那么多钱

因为 画里 凝结了 画家的 专一 寂寞 和绘画时候的强烈情感

这些意象变成具象

然后 观赏者 在某一刻 忽然产生共鸣 这样

[2006年6月2日 《推翻》真的 真的很好听]

明天国内高考

祝弟弟考试顺利

最近做很多的梦 大多色彩浓重而 模糊 偶然出现细节

有个梦 好像动画电影 开始的时候镜头慢慢推近 A男和B女在黑暗中抱在一起（青梅竹马吗）接着村子里来了C男 后来B女爱上了C男 可是C男又喜欢A男 然后人们发现 C男原来是村子里的狸猫还是狐狸什么变的 我忘记了 村里起了大火 C男被烧死了（是 为了救谁）

结束的时候 A男与B女抱在一起 镜头拉远 片尾曲 和字幕

竟然有片尾曲 和 字幕

神奇

[2006年6月6日 恶魔的生日/很高兴 遇到你]

不经意间 就攒了很多很多的硬币

昨天在家里 数了一袋子的硬币 到火车站的贩售机买车票

刚要投币的时候 看到一个泰国的女士 要过来买票 于是

我让她先买 因为 我的硬币面值太小 要投六七十次 才能买一张票 结果 那个女士的硬币不够用了 机器又死活不认她的五元纸币 （其实不是纸 澳币是塑料的） 然后 我凑了一美元多的硬币给她 她买了票以后 一直和我说谢谢 要给我那五块钱 我说不要紧 不要紧 她很不好意思 走了挺远 又回来 塞给我两个大橘子

然后我开始买票 这时候我后面的人开始多了起来 我投呀投 不时转过去向后边的人说sorry 结果 最后我发现少了一美元 这时候我才想起来 我带的硬币是正好的 刚才给了那个泰国女士了 ……好尴尬 当时我想把硬币退出来 正在考虑退币口能否一下子吐出那么多硬币的时候 后面的一个澳大利亚女生递给我一枚硬币 买了票 我说谢谢 我给了她一个橘子

等车的时候 我吃了剩下的那个橘子 我到澳大利亚以后吃的第一个橘子

[2006年6月20日 原来 男生扮靓 最需要的是 风筒]

不想再用发蜡了 尽管用发蜡会显得很精神 可是我就是不想用了 总觉得不干净 想洗掉

现在是 六月 澳洲最冷的时候 之前听说 电费贵得不行 所以合租房子的几个同学 达成共识 不用电暖气 晚上 屋子里和冰窖一样 冻得我直哆嗦 被冻醒好几次 实在没办法 我把夏天的薄被钉到了窗户上 感觉稍有好转 躺着的时候 好想有个人 抱一抱

MSN上 朋友们的签名 尽是 终于到夏天 热死了 还有个不知死活的说 好想过冬天

我……

[2006年6月21日 怀念 已久的 炸花生米]

今天是 女王生日 所以即使是星期一 也放假

这么说来 英国女王是 双子座 感觉上和英国的调调很搭蛮友爱的

我们买了一箱啤酒 去 龙龙家看世界杯开幕式 龙龙同学

给我炸花生米 最喜欢吃炸花生米

啤酒瓶盖和国内一样 不过不用瓶起子 扭一下就打开了

凌晨 3：40 回家睡觉 洗漱的时候 电脑里 WMP放着 黄耀明的刹那天地

他唱 我祝福你 一生一刹那

我喜欢这男人唱歌时候的姿态 貌似他的英文名字也是安东尼

睡了

我需要 明天早起收拾书包的勇气

[2006年6月26日 一直抖 一直抖 一直抖 一直……]

你看 我们之间的关系 没那么好 你却一再向我强调友谊

这让我感觉 好像没有经济基础 却吵吵着要上层建筑

我已经厌倦了我们在一起的时候的做作

我是简单的人 可是也不容易接纳 信任别人

好比一张银行信用卡 是不能随便给的

信用卡 表示着建立关系 所以你可以透支 可以分期付款可以买车 订房

银联卡 就是 存自己的 花自己的

你现在持有的顶多就是张 银联卡

你甚至没有定期账户

你存的还不够你取的

[2006年7月6日 习惯性 喜好把晾干的袜子 卷成蘑菇状]

亲爱的不二：

你是喜欢 三宅一生 还是喜欢 高田健三呢

我觉得一生之水 有点矫情了 又不是母乳 Kenzo 的冰 水风 有点乱 我只是喜欢睡觉之前用一些 这样第二天几乎闻不到了 那味道已经成了我的一部分 不香才是最好的吧 我想

如果我手上 有柠檬 大蒜 十里香 欧芹 鸡肉 胡椒 松仁 芥末 香肠 胡椒 这些东西的味道

不是那些 摸过纸笔 电脑 论文 练习题 方程式 指数 浮标利润 的味道

你还会喜欢吗

嗯 我想做一个 快乐的小蓝领 就好像 sac里 那个内衣男模 他很困倦的样子 躺在专栏女的床上说 我想回老家 当个小警察 那时他的表情很幸福

[2006年7月8日　罗斯对刚生的baby（婴儿）说话的时候哭了]

1. 开始的时候开小差 忽然觉得很多年之前那个电梯广告很妙 上上下下的 享受

2. *Friends* 片头曲里 六个人举着雨伞 一动不动地向前推进的样子 让我想起了《午夜凶灵》

喷泉代替古井

[2006年7月 10日 每次生病 都觉得自己要死了]

生病了 用我向我同学形容的话讲 就是 脑袋好像变成了一个被人含在嘴里的棉花糖

不知道 是感冒还是发烧 说实话 我一直分不清楚这两种病的区别

一直咳嗽咳嗽的 一周没有打工

不断地擦鼻子 以前鼻子底下疼的时候 我都觉得是手纸擦了太多遍 摩擦 的缘故 现在我觉得是 鼻涕本身有腐蚀作用

如果我是小学生 我一定会在日志里写 我想回家

连续几天不洗脸 不刷牙 不换衣服

当我不舒服的时候就很排斥做这些事

感觉脸 一直很烫 最近经常做的动作就是 用手搓脸

希望早点好起来

[2006年7月14日 那些 蹲在YouTube看走T的日子]

病好了 活蹦乱跳

违背了 爸爸妈妈 关于 以后一定要在大连那个金融大厦里 当个帅气小经理的意愿

也听不进去 朋友们循循善诱的 贴心劝阻

我换了 专业 放弃了 马上就能拿到的 国内 澳洲 两个大学文凭

开始 学习西餐料理

亲爱的不二 我会觉得 人生是没有什么非做不可的 也没有什么不可以放弃的

走在city里的时候 想要把灵魂挂得高高的

[2006年7月16日 提着 各种刀 去上课/带着好吃的 放学]

第一份工作结束 人生中 第一个一万元 交了两次房租 买了些吃的和衣服 就没了

最近呢 课程开始了不是吗 我一直很紧张

老外把课程表排得很乱 每天上课的时间 地点都不一样

制服要求得很严格 领带 帽子这些小东西 还有各种 不同种类的刀 少了一样 老师都不让进厨房 这个专业的出勤率 必须是 百分之百 否则不能毕业

法语对我来说 是个难关 因为电子字典里都找不到 下周有一个 卫生的考试 沙门氏菌到底要怎么 发音啊……

不管怎么说 每天上课我都很开心

我发现 学金融和学西餐 最大的区别就是 金融的专业课 我会挑最后边的座位 而西餐课 我总是希望坐在最前面

我炉灶 旁边的印度女生 诗为卡真是 发问机器 无论我们做什么 每做完一步 她都要问我 她做得对不对 我说 还好 她就会 皱着眉跟一句 Are you sure（你确定吗） 感觉上 好像我在敷衍她 她经常切到自己的手 不过我觉得她表现得 很勇敢

下次 我要为她准备一些创可贴 我想

对了 老师说 我们买创可贴的时候 要买蓝色的 要和皮肤

的颜色区别开

叫凯特的 非洲人 十九岁 他说他家领政府的救济金

然后 他说他开车来的 我shock

然后 他说 晚上老婆给我做饭 我shock again

来自巴基斯坦的人 真的很喜欢握手

自我介绍的时候 一听说我是 中国人 巴基斯坦的人 都上来和我握手 他们说 巴基斯坦和中国一直是好朋友 说巴基斯坦有一条公路可以直接通往中国

我想 原来 巴基斯坦和中国接壤的啊

希腊人 果然英俊 像神话里的一样

澳洲人 总是像小孩子 有的时候很可爱 有的时候有点无奈

[2006年8月5日 我是 爱你的 我爱你到底]

亲爱的不二：

今天天气很好 是xy生日

不二 你喜欢那种 绝妙 疯狂 大方的以自我为中心的人吗

如果我成为那样的人呢

[2006年8月6日 CK Truth香水 的瓶子很不受控]

亲爱的不二：

要离 喜欢搬弄是非的人远一些

无论他说的是真的 还是假的 听了对你都没有好处的

[2006年8月8日 很 跳tone（腔调）]

亲爱的不二：

Yanyan不是在西藏拜佛吗 她说你有什么愿望 我帮你许

我当时想了想 说我没有什么愿望

然后 又想了想说 祝我妈妈爸爸身体健康

今天放学的时候 我忽然想到 我的愿望不是变成 肌肉男吗

你说我怎么当时没想起来呢

难道变成肌肉男 对我来说 没有想象中那么重要吗

[2006年8月10日 厕所里 用前要反复折叠的 廉价手纸]

上厕所是很私密的事情

男生在公共厕所 只有在大便的时候才有单间的待遇

从上小学开始 我就尽量不在学校上厕所（这种想法会很奇怪吗）

最尴尬的是 高中的时候 学校的厕所是操场一角的砖房（旱厕）大便的地方连门都没有 所以 除了拉肚子 我都自习的时候才去

有的时候你 大便的时候 隔壁也会有人大便 这些人有的喜欢咿咿呀呀地唱歌 有的喜欢哔哔 哔哔地发短消息 有的哗

啦哗啦地翻报纸 最奇怪的是有些人会从鼻子里发出很满足的声音

我一直觉得公共场所都应该用 蹲便器 可是澳洲几乎没有蹲便器 （我觉得这可能和他们太懒了有关）刚来的时候上厕所 我总是拿手纸把坐便圈擦一擦 不过现在已经心安理得地直接坐上去了 习惯了以后也没什么

什么时候 我能习惯 尽情地上厕所呢

[2006年8月12日 每天都要 抽出点 时间 很认真地 放空]

和我一起学西餐的同学里面 有几个巴基斯坦人

他们让我教他们几句中国话 其中有一句是 我爱你

于是之后 就会经常的 突然冒出一个巴基斯坦同学 握着我的手 用很真诚的眼神看着我 “示爱”

开始的时候 觉得蛮开心 会笑着说 Thanks

后来 会笑一笑

再后来 就是 面无表情地点头

那天在 MSN上 我对你说 我爱你

过了 6秒 你回消息说 谢谢你

那一刻 我忽然觉得很糟糕

[2006年8月15日　每次去 MC都能看到的 开满花的树]

可能是 安静而又小心翼翼的人

可是 有的时候 觉得自己有恬不知耻的热情 它们犹如雨后不知名的大片花朵 一夜之间盛开 然后凋落

[2006年8月17日　跑步 姿势很难看]

你现在 和我说 对不起算什么呢

你是在请求我的赦免吗 还是 你只是想让你自己好受一点

好吧 我原谅你了 你走吧 这样可以了吗 还是 连我对你

的原谅 你都觉得 来得太晚了 而不那么有效呢

[2006年8月18日 啦啦啦啦啦啦]

亲爱的不二 生活好像在 电影院里看电影 你不一定要 从头到尾目不转睛地看

和坐在旁边的朋友小声嘀咕几句 或者吃个薯片 爆米花 甚至上个厕所 这些都是我们看电影的时候常做的事

可是毕竟不是用 Windows Media Player（播放器）

不可以暂停 不可以后倒 也不可以重来

[2006年8月25日 给 那个 英俊的男生]

我想 深入地思考 死亡这个话题 然后说出 类似于 安妮宝贝 或者 村上 那种众人膜拜的话

可是呢 总也没有那样的句子 蹦出来

于是我吃完一片感康 然后整个 钻进了水里 三十七秒以

后 还是没有任何改观 我就放弃了

我只是觉得 死了就是死了 我对死亡没有任何崇敬之情 不过也不是毫无恐惧 毕竟是我未知的领域

就好像 在陌生人面前 第一次用 贩售机 总是不会胸有成竹的样子

很多人不愿意谈论 死

就好像 大家都不愿意 谈论伏地魔

不敢谈论 伏地魔的人都死了

不想死的人 也是

听同学说 你离开这里 正是 我重感冒 脑袋沉沉的时候

我们似乎没有说过一句话 对于你的印象 也仅仅是 隔壁班 有漂亮女友的英俊男生

嗯 请走好 这样

[2006年8月30日 如果我喜欢你 你就可以亲我]

欧文说 ……orz 是退下 orz……是上前领赏

最近 都下午 四点左右放学回家 不知道怎么的 每次回家都要倒在床上睡一下

于是 每天就这样 凭空 多出来一个小时对 周遭事物的感知

我在很认真思考一个问题 流星本身 如何许愿

晚上 做梦 和一个女生在街上撑伞 可是醒了以后 却怎么也想不清她的样子 连是否有下雨 也不得而知

[2006年9月1日 奇怪咖啡店的 温暖蓝墙]

夏天快要结束时候来到这里 过了一个冬天

冬天的时候 我有了第一份工作 在Rose的帮助下

冬天的时候 我给我家 办了网

冬天的时候 我给自己改了专业 换了签证

冬天的时候 我在这里过了一个生日 我们一起去海边

冬天的时候 我买了一条浅绿CK内裤 一个g-s的红色格子

冬天的时候 我没有特别想家 偶尔想你

冬天的时候 我开始养 擎天凤梨Guz

冬天的时候 我看了一场电影 一次话剧 两次画展

冬天的时候 老外对我说过一次 You looks sweet（你看起来很可爱） 一次 Hi, honey（嗨，亲爱的） 两次 You are so cute（你真可爱）

冬天的时候 我买了白色的床单 看了五本小说 染了一次头发

冬天的时候 我以为欧文明年能过来

然后 冬天过去了

这样

我很好 没有什么大状况 很幸运且顺利着

[2006年9月4日 躺在 海边 堤岸上看天]

冬天 慢慢结束 跑步成了迎接春天的仪式

会很认真地觉得 如果是春天来了的话 那么我 安东尼 也

要开始欣欣向荣了

今天 上课做意式 沙拉和一种调味品 老师打分后说 I'm happy with yours（我对你的很满意） 我自己 吃的时候 突然觉得很开心 不知道为什么 一边吃 一边笑 还笑出了声 为什么 当时那么开心呢

[2006年9月6日 有课上的 日子就没 饿过]

亲爱的不二：

我发现我现在是 做什么吃什么

学校前天学做鸡蛋 炒鸡蛋 煮鸡蛋 蒸鸡蛋 烤鸡蛋 放蘑菇的 放葩丝里的

吃到我都要吐了

法国来的 CJ（这名字……） 上次做的意大利面 很好吃的样子 我就一直盯着 后来他给我一半

我全吃了 夸他做得好

今天 他拿着他的蛋 在老师那里打了成绩以后 跑到我这里 问我要不要吃

我说 不要了 今天吃太多蛋了 我指着盘子里的 说 这个已经是 第六个了

我们班里 最小的同学叫 迈特

带米恩和可瑞丝总是 拿他开玩笑

最近的主题成了 迈特是个gay

我们在caf é 喝咖啡的时候 带米恩 说

安东尼 你知道吗 迈特是个 gay

迈特 总是拿他们没办法 告诉我不要相信他们 他们是骗子

可是 我一下子 没控制住 身体的腹黑基因

我说 迈特 不要紧 我不在乎 你开心就好 我用鼓励的表

情对他笑

当时 我就 第一次从鬼佬脸上 看到了 “跪了”的表情

[2006年9月9日 最怕 入耳耳机坏]

不二君 我有了新的工作 在移民局附近 叫Longrain 的泰国西餐厅里

早上上班的时候 穿黑色短袖在里面

店里的厨师每天都问我 Anthony, how are you?（安东尼，你好吗）

刮椰子的时候 总是伤到手 已经伤痕累累 今天又把手心划了一个大口子 打字的时候疼

榨一桶柠檬汁 溅到伤口的时候疼得厉害 不过味道好

切一盆辣椒 洋葱 弄得泪流满面

不停地忙碌 想下面要做什么 总是紧张

记不住他们的名字 这让我有点尴尬 于是就一直笑

他们会给我准备拿铁 每天还可以和厨师一起吃一次西餐 美味得很

工资不错 几乎是其他同学的两倍 还给交养老金…… 嘿嘿

今天下班的时候 Paul说 下周你多做一天

我说 谢谢 他笑得很好看

出来的时候 一下子 感受到 外面的凉风

忽然觉得秋天来了

戴上耳机 Fall Out Boy（打倒男孩乐队） 声音不纯净 可是能进入我心灵

觉得自己 一下子变身成 战士

政府里工作的人开始下班 和他们一起涌入地下铁

在 一百五十六阶的扶手电梯上 向下奔跑

尽量远离人群 因为身上满是油烟胡椒和各种酱汁的味道

等来了一个 绿色小型的老式火车 没有空调 所以车窗是可以打开的

一直有 清风迎面 吹得我心满意足的

一直笑呀 笑

晚上的时候 和Zell去游泳

欧文传照片给我 国内的大学又换寝室了 学校当初明明退了寝室费用了的 可是不知为什么 这次还是给我留了床位

欧文 把我的杂志 杯子 老巫婆 山P海报和 被褥一同搬了过去

照片上 欧文 大哥 崽儿 是熟悉的笑容

欧文说 现在 寝室还像四个人住一样

[2006年9月10日 我怕]

妈妈得知 我在澳洲人的饭店里 开始工作的时候 她发邮件过来问我 饭店里的人没有对你不好吧

我回邮件说 没有

后来工作了一段时间以后 我知道了 老板是个homosexual 然后厨房和服务员里 也有几个 有的时候会彼此问 How is your boyfriend（你男朋友怎么样）

然后有一次和妈视频聊天的时候 随口说了几句店里的情况 结果没想到 老娘竟然在国内发了狂 非要让我赶快换工作

费了好大口舌 换来了她一句 你看着办吧 整得我们都很不快乐

然后 过了一段时间 我把这事情都忘记了

结果昨天收到她的邮件 在结尾的时候 妈小心翼翼地问 他们没有对你太好吧

我回邮件说 没有

不二啊 我觉得我妈妈没弄明白一件事情

就是 喜欢男人的男人 和 喜欢女人的男人 其实没有什么区别

喜欢女人的男人 也不是随便见了一个女生都喜欢啊

没听说过 哪个女生 因为一起工作的同事是 直男而换工作的 不是吗

[2006年9月15日　科学杂志说我们在妈妈肚子里 有一个阶段是 雌雄同体]

我觉得我睡眠不足 在city图书馆借很多的书 火车上 公交车上 走路的时候都在看

今天 厨房上课的时候 眼睛都睁不开 十分钟休息的时候 在更衣室的凳子上睡着了 凯特 问我 不要紧吧

我说 我只是 困

八九月的时候就进入春天

Mc的签名我很喜欢 觉得深有感触 “我以为快乐不会长久 怎知一日比一日快乐……”

最近在听《她来听我的演唱会》一遍一遍地听

午饭的时候 说不上来哪个国家的阿姨对我说 你应该在这里生小孩 这样你就能有好几个孩子了

我笑

黑人阿姨 对我说 我听说 亚洲男生那东西 都小 是这样吗

我 笑不出来了 我想了想 觉得这是一个民族荣誉的问题 要好好回答

我说 我觉得 不是 还是你想检查一下

她 笑了

回家的时候 我考虑了要孩子这个问题 张小姐说过 生孩子要趁早 否则即便是快乐 也来得不那么痛快

我已经错过了 当十八岁爸爸 既然不那么痛快了 还是慢慢来 稳妥一些好

谢谢师傅和Yanyan 帮我从国内带来的小说 电池和烫伤膏

最近总是受伤来着 胳膊上有炸东西时候的烫伤 走路撞到电线杆 上楼梯碰到脚趾头 手指头被书弄破 右脸也弄了一条疤 不知道什么时候弄的

头发长了 脖子后面可以感觉到头发蹭来擦去的 又不规整 打着卷 洗头以后要尽量吹直

有的时候 生活非常的安静 安静得似乎你可以触摸到它的质感一样

妈妈打电话 过来说 新家开始装修 说我们的新房子 质量在大连出了名 说爸爸现在很忙为了不让他操心 她请了全国几强的装修公司 说家里的装修是简约风格 还有榻榻米的日式书房 说装修公司的小伙子多么的帅气……

我想 说不定一直是妈妈在保护着我和爸爸也不一定

[2006年9月16日 穿 按摩拖鞋 脚臭]

觉得脑袋里一下子装了很多事情 自知是记性不好的人 于是写很多的note 贴满一墙

同学的电话 鸡肉入味以后在烤箱里的时间 澳洲人口普查表 饭盒 理发 热开水 上网注册 各种法国 意大利小甜点的名字

不知道这样的生活是充实 还是乱糟糟的

这几天去哪里都要带上相机 不喜欢数码相机 又一直在用 很矛盾

红：陪安东尼度过漫长岁月 I

睡觉之前看我喜欢的那个作家的新小说 她的文字我都看 从开始的爽快 到之后的认同感 到现在 有很多东西我都看不明白 可能是对我来说太晦涩了 只能瞻仰 或许是 身体里阳光元气的部分 开始排斥这 尚未知道意义的执着的探索

左手中指 烫伤 竖根中指在老师面前冲手 让我觉得很牛

早上 晚上都 喝牛奶 可是晚上有的时候还是睡不好 失眠的时候 就觉得睡眠这东西 离你远远的 好像乌龟和兔子赛跑

在饭店里 遇到两个 中国南方的高中生 他们在这里做了半年了 白天上课 晚上打工

都是很好的人 很热心 笑起来也好看

认识你一年了 想说 Nice to meet you（很高兴认识你）

本来应该是见面的时候说的话 可是我喜欢认识以后说

安东尼是个幸运儿 我想

[2006年9月19日 大雄是宅男 技安是 bear]

我觉得我很做作 安东尼 很 做作

转载

“日方宣布的机器猫结局

大雄突然从睡梦中惊醒，发现自己躺在病床上，原来，世界上从没有过机器猫；也没有万能口袋；也没有……总之，大雄是由于极度的自闭症被送入精神病院的病人，已经在医院住了八年，宜静是大雄儿时暗恋的同伴，大雄所有的记忆都停留在八年前的早晨。一切都是大雄的幻想，反映了日本社会的冷漠，也表达了作者对社会的极度失望……”

本来在听 不二仔空间里很好听的音乐的

然后就 看了一条叫 小叮当只是大雄一个冗长而美好的梦的 日志

我在MSN上 对不二仔说 你腹黑

我说 你等着 老子找到真正的 结局给你

然后Google Baidu Yahoo

好多地方都是 这个结局

我红着眼圈看 几乎要哭出来了

心里在想 老子真的非常做作

不就一漫画吗 不就一不知道真假的结局吗 不就……

----------------- 时光机分割线 -----------------

日本人叫你ドラえもん

香港人叫你 哆啦A梦

台湾人叫你 叮当

我喜欢叫你 机器猫

你 阿拉蕾 圣斗士 七龙珠 是我童年里的四大名著

你又不同 你比他们窄 厚 看上去就是 很地道的样子

每一册的封面上都有你 有的时候还有铜锣烧 老鼠和你暗恋的那个小白猫

小学 三四块钱对我来说 是 很多的钱

和妈妈 路过书摊的时候 我会说 妈妈 我不买我只是看一看

一直很羡慕那些 一下子能从 床底下 或者 书柜里 找出一排机器猫的同学

想着要和他们搞好关系 借漫画来看

于是 书包里总能有那么一两本

放学的路上 背一个打屁股的大书包 手里拎着放着饭盒的尼龙口袋 认真地看

看到有意思的 地方 就翻回去 再看

当时总幻想自己是大雄 在想会不会 有一天我也得到一个机器猫呢

那时候每周日下午 《正大综艺》 结束以后 我就在电视前 中央台 等着你

后来 你的主题曲被 范晓萱翻唱了 她是我喜欢的第一个艺人

一次演三个故事 每个故事 六分钟三十秒左右 你成了我们家唯一允许边吃饭边看的动画

说不定 大雄和宜静 就是我最初对爱情的认识

五月天唱 如果说最后宜静不是嫁给大雄 那么一生的执着 一秒就崩落

记得 第五十集里 强夫请机器猫吃铜锣烧 他说 只要机器猫变成他的机器人 就会每天让他吃铜锣烧吃到饱 机器猫生气地离开了 大雄知道了以后很感动 机器猫说 我的任务就是让大雄得到幸福啊 再说 我们两个永远都是最要好的朋友

还 有一集 机器猫的妹妹从未来来到现在要接替机器猫照顾大雄 原因是机器猫在照顾大雄的过程中老是把事情搞糟 而事实证明妹妹照顾得的确比机器猫好得多 而且当时机器猫又正和大雄闹别扭

但大雄一听到机器猫要走的消息 死活不让他走 并答应今后要好好学习以前最讨厌的功课 答应去做所有以前不愿意做的事

最后 他对着进到抽屉里的 机器猫说
我一定会坚强 你放心走吧

这就是 我现在 一下子 能想到关于你的事情
正直 友谊 真实 爱 懒惰 聪明 正义感 炫耀 善良 真诚

----------------- 时光机分割线 -----------------

转载

“藤子F不二雄大师已经去世了，但现在哆啦A梦的动画还在出，由新秀田中道明和三谷幸广继续连载。

所以大家能看到每年的哆啦A梦剧场版。

现在哆啦A梦的制作权显然是日本的，由日本传出的要出这个结局。

这也显然不是藤子F不二雄大师的意愿，因为他已经去世多年了。

藤子F不二雄画过3个‘结局’，分别是71、72、74版，其中的74版就是第6卷的结局，但后来由于大家的要求，作者又继续连载。”

我心里 机器猫永远不会完结

[2006年9月20日 宜静 注定当 一辈子Loli]

妈看了 我写的关于机器猫的 文字

很认真地问我 当初到底有没有给我买过几本机器猫 的漫画

我说 有过

她说 还好 要不我会很难过

我 ……

[2006年9月22日 只有自己做饭 才能放心吃喝嘛]

《再见二丁目》

连续 六个小时 不间断地听

黄耀明的迷离 3：44

杨千嬅的香港制造 3：56

林夕真懂 我心意

这一刹我只需要一罐热茶吧

那味道似是什么都不紧要

……

原来过得很快乐

只我一人未发觉

如能忘掉 渴望

岁月长 衣裳薄

无论于什么角落

不假设你或会在旁

我也可畅游异国 放心吃喝

林夕说 他写的最悲伤的词莫过 原来过得很快乐 只我一人未发觉

红：陪安东尼度过漫长岁月 I

[2006年9月]

安东尼 畅游异国 放心吃喝

[2006年9月23日 洗脸 还是 不洗脸 这是一个问题]

隔壁小帅 他女友和他分手

某日 无比认真地看着我 让我给他推荐伤心Top10

我随口说《茉莉花》《纯真》

之后就是 狂轰滥炸般的《茉莉花》《纯真》从隔壁传来 偶尔夹杂《分手快乐》

搞得我现在 一听梁静茹的声音 就胃疼

之后 的某日 我借小帅硬盘 拷《越狱》

发现 硬盘里

Kugo 推荐 伤心Top 10

世界上 最伤心的歌曲

网络 伤心歌曲 适合失恋听

我……

[2006年9月24日 大便 时候 容易流眼泪]

姜味啤酒 的味道我喜欢 比姜汤可乐好 可是不知道为什么 在那那家喝了一点就醉了 走到楼上那那床上躺着 黑暗的屋里 听到呼吸时候 头发摩挲被子的声音

记得以前 和舟以及他美术学院的朋友 一起喝酒 我喝了三瓶啤酒 舟后来告诉我 说我 蹲在椅子上 一直笑一直笑…… 完全不是平时的样子

Zell从超市拿回来了一套小鸭子 于是最近我们都很喜欢泡澡 放一些用过的Lipton茶包 蜂蜜 柠檬 牛奶之类

这里放水时候 旋涡是顺时针的 中国是逆时针 很有趣 这个是地转偏向力的原因

我想 那赤道上的小孩子 是不是 没有旋涡玩呢

喝Lipton的薄荷绿茶 味道很奇妙 撒尿的时候 有绿箭的

味道

[2006年9月 25日　半夜听《只爱陌生人》会害怕《寓言》专辑也是]

现在是 春天 晚上放学的时候 九点多 路旁变得安静

空气里满是蜜糖的味道 澳洲给我印象最深刻的就是清新的空气

一直想去日本看的四月樱花 在澳洲九月的街头不期而遇

中国人喜欢 牡丹的花开富贵 日本人则喜欢 樱树的落英缤纷

突然想起《魔女的条件》里面 泷泽君坐在樱树上摆扑司时候的样子 真是又帅又做作呀

[2006年9月27日 脖子后面的 干净皮肤]

离L牌的考试还有四天 于是今天晚上我终于很认真地开始看 独立驾驶之路 了

维州交通部长 是一个腹黑的人 在手册的前言里他说 本手册能帮助驾驶新手成为安全的驾车者，而非变成交通事故死亡统计中的一个数据。

[2006年9月29日 星巴克 不就是个 咖啡店吗]

刚来的 时候

我妈妈和我视频 她笑得合不拢嘴 还说什么 这世界说大就大 说小就小（孙楠…… 金箍棒……）

和爸爸一起 捧着屏幕 不是亲 就是热泪盈眶的

现在

儿啊 妈在讲电话 ……

宝贝儿 妈在看电视……

（果然 激情退去后 就只剩 只言片语了 ……）

[2006年10月1日 按摩膏用到 手指头抽筋了]

Zell总结了 我家晚上出现的 最恐怖的三件事情

1 夜半三更 下楼 发现车库灯 亮的

2 夜半三更 下楼 发现明明锁了的门自己 开了

3 夜半三更 下楼 发现 安东尼在 昏暗灯光下 磨刀……

[2006年 10月 3日 那些 日子]

影子： 我们寝室的哥们儿被他女朋友踹了

安东尼： 女朋友 还挺有力量

[2006年10月6日 反应异常迟钝的 好易通字典]

亲爱的不二：

你看 有些 东西 毁了就是毁了

她说 要回到过去
他说 想重新开始
当时我就觉得 何必呢

就好像 他们一起在海边欣赏日出的那个美妙早晨 不就是一个屁 就能破坏所有兴致

我深知 快乐 没有寂寞长久坚强
可是再怎么也没料到 还没到保质期 它就开始不安 腐烂

哎 呀呀呀 呀

[2006年10月8日 坚决不吃 免费品尝水果]

周六下午 要到西贡市场买 降价蔬菜水果 还要用手挑（因为周日关门 所以有很多特价的东西 两澳元可以买 一箱子苹果）

周一白天 还要跑到city里 洗一天的盘子 切辣椒

下班以后 路过Chinatown的时候 看落地玻璃上自己的样子 觉得越来越民工feel（感觉）

不能这样下去 晚上回去要 好好洗澡

[2006年10月10日 冬季 很难找到食物]

两周的假期结束 开始正常上课了 昨天做了三个汤 今天做了五种沙拉

蛋黄酱吃得太多 有点恶心

和波阮达一起做蛋黄酱的时候 她激动地喊 太成功了 像小姑娘一样

有的时候 波阮达一下子对我说了太多的时候 我就听不明白 就一直点头 yep yep……

某日 突然觉得像是被石头卡到嗓子的乌鸦

休息的时候 我们都跑到草坪上 阳光暖乎乎的

在白人 黑人 棕色人 之间的我 拿着一瓶Pepsi 解开一个扣子 加上飘落的树叶为背景

看着对面玻璃上的自己 觉得自己真美好呀 （玻璃上出现YD的笑容）

[2006年10月13日 这个 爷们儿 抽烟样子很好看]

看《虫师》 解开了一个 从小的时候就一直困扰着我的疑问

就是 闭上眼睛的时候 视野里仍然会出现亮点

小的时候 觉得可能是自己异于常人 于是经常在上课的时候 闭上眼睛意淫

大一点了 觉得是 光在视网膜上的延迟

今天晚上才知道 原来 光闭上眼睛 其实 眼睑还没有闭上 原来我是看到虫了 原来我的世界永远都没有真正的黑暗呀

嘿嘿 嘿嘿

[2006年10月15日 到底要 几天一洗头啊]

师父很喜欢猫 我们的一个学姐因为要回国 所以准备把猫送给别人 因为和师父一起合租房子的人不喜欢猫 师父就不停地打电话来怂恿我养

我说 让我想一想 然后 深夜十一点多 给她电话 第二天我们带猫回家

母猫 一岁 白色和黄色花纹 好像小老虎 师父觉得猫有点胖 可是我觉得很瘦 据说他父亲是那个区的古惑仔来着 学姐说 猫很聪明 可能感觉今天要被送人 从早上开始就很恍惚 躲在床底下不肯出来 学姐说 她叫咕噜 因为每次吃饱了以后 就会从肚子里发出很大的 咕噜咕噜的声音

临走的时候 学姐把我们送到门口 厚厚的镜片后面 有泪水打转 她说 你一定要好好对她啊

我说 哦 你放心吧

师父陪我把猫抱回家 我把猫脖子上的铃铛解下来 猫很

怕生 一下子钻到我床底下 师父问 你要给她取什么名字 我说猫不应该有名字

把猫砂 放到洗手间 和隔壁小帅打声招呼 以后要给厕所留个门 隔壁小帅很贴心地对我笑着点头 说嗯

就这样 十一月的时候 我有了一只猫

或者 应该说 猫 有了我

又或许不是 拥有的关系 而是 安东尼 开始 和一只猫 一起生活

有趣的是 自从有了猫 我家的 三个人 再加上师父 他们一放学第一件事就是跑到我房间 在床边跪下往里钻（因为猫还是很警惕 所以一有声音 就赶快钻到床底下） 有的时候我捧着笔记本在床上躺着 隐隐约约地有被 众人膜拜的感觉

[2006年10月16日 蛋白粉 也太难溶了]

几乎 每次夏天到来以前 我都有一个恐慌期 原因不外乎太瘦了 没有什么肌肉

由于这次 第一次在西方猛男世界里过一个夏天 心里就更没底了

似乎和爱牙日一样 每年夏天之前都有一个主题

比如 ×年前的 饭后站在阳台 举哑铃一百次 俯卧撑三十次

去年的 主呀 我会每次坐公交车的时候都给老奶奶让座的 请给我一副大胸肌

就好像 那个外国童话 被装在瓶子里的那个魔鬼

关 了十年以后想 救我的人 我要实现他任意一个愿望

关了一百年以后想 救我的人 我要他长生不老

关了一千年以后想 救我的人 我要送他 送他一座金山

关了一万年以后想 救我的人 我要吃了他……

为了长肉 强壮 我和隔壁小帅一起 办了一个季度的 游泳健身的卡

不过似乎也没什么起色

所以 今年我破罐子 破摔 主题成了

如果还变不成猛男的话 老子就加入B社会

[2006年10月18日 a song for her]

I will kiss you ……lots lots & lots（我会吻你……很多很多很多）

I will kiss you everywhere （我会到处吻你）

On your fingers （在你的手指上）

On your hair（在你的头发上）

On a chair（在椅子上）

On a stair（在楼梯上）

On the floor（在地上）

In the air（在空中）

And I will kiss your teddy bear（我会吻你的泰迪熊）

I will kiss you on your hat（我会在你的帽子上吻你）
Also when you’re on a mat（当你在垫子上时）
Tumbling like an acrobat（像杂技演员一样翻滚）

I will kiss your dog and cat（我会亲吻你的狗和猫）
Tell me what you think about it（告诉我你对此的看法）

亲爱的不二 你看 我们用嘴唇表达最强烈的情感的时候不是语言

所以 我会经常觉得 语言的能力 被我们夸大了

不二啊 那些我们觉得理所应当的事情 不一定是对的

人 真的跑得比河马快吗

[2006年10月20日 在 靠近太阳的 地方住下]

搬家了 现在和柔思 瑞恩夫妇一起住

房租涨了 有自己单独的卫生间 一个月要五百澳元（三千多人民币）

又多找了两份工作

希腊饭店 遇到了很可爱的 文森特 他在这里工作了三个多月 下周可以做大厨了 这样我也可以升级 从洗碗到做沙拉和entrée

养老院的工作 后天第一天 做 觉得是一个挑战 因为要一个人准备五六十人的 午饭 晚饭

哦 夏令时 开始了 现在 和中国时差 三小时

我不喜欢 夏令时 弄得我每天都睡得很晚 不过 我觉得夏令时一定和小王子有关 在小火山上看日落的他 也许有天发现 怎么 下午六点还没有日落呢 于是 就把那一阵子的 六点定成七点 然后每一个小时都 往后加了一小时 这样 他就又可

以按时 看日落 思考他和玫瑰之间的事情了

猫现在的胆子越来越大 我刷牙的时候 它会跑到洗手间来 踩我的脚

[2006年10月23日 大阪市 成东区 野江 2 – 5 – 14]

亲爱的不二：

今天在车上的时候 我忽然想起来 小学时候的一个同学

其实 是很普通的人 胖胖的 说话很慢 声音又小

戴一副大大的 厚厚的眼镜 眼镜腿用黑色的棉线连起来眼镜不是挂在脖子上 就是搭在鼻子上

我们似乎很少讲话吧 她学习也不怎么好

我们班的男孩子 经常欺负她

今天 忽然想起来 她被欺负的时候 哭的样子

没有什么声音 一只手摘下带着黑色棉线的眼镜 另外一只手 从左眼角一直到右太阳穴擦眼泪

本来眼镜度数太高 眼睛就显得小 哭的时候就更看不到眼睛了

嗯 就是这样子 哭

怎么就忽然想起这个了呢

哦 另外 那个女生也是很会笑的人 笑起来的样子 看着很舒服呢

[2006年10月30日 如果我 是真的]

养老院是一对四五十岁左右的中国夫妇开的 本来说好我是来当厨师的 可是那个可恶的老太太 又让我擦玻璃 又让我扫地的 我一直觉得那老太太对我干活不满意 所以她一出现我就很紧张

可恶老太太 让我给他们打扫房屋 我想我的底线就是 坚决不打扫洗手间 收拾房间的时候 就能看到他们房间内不一

样的摆设 琳达的房间一直很干净 床头摆放着儿子一家的照片 和用毛线缝制的天使 弗莱德 的房间挂满了各种奖牌 他之前似乎是个运动员 杰森的房间 有很多恐龙模型和关于恐龙的书籍 他有一个插卡式的老款游戏机 布朗 整天在房间睡觉爱佛森的房间 总是乱糟糟的 我就吓唬他 不赶快自己收拾好中午就不给他饭吃……

中午做炸鱼 可恶老太一直在我旁边念叨 说我用太多油说我切的鱼太大条 说面糊要挂得厚 这样看起来鱼比较大 说要把装鱼的那个铁盘子放到烤箱里 边炸边放 铁盘子很沉 一只手没拿动 用另外一条手臂托了一下 结果没注意到 铁盘子的另外一头 已经在炉子上烤红了 当时右胳膊上嗞啦一声 可是我想不能把一大盘子鱼扔了 咬着牙硬是给放到烤箱里 然后一看 胳膊上整个少了一大块皮 疼得我手都抖了 可恶老太看到了 问我要不要紧 我说没事 她怪我不小心

回家之后 感觉不怎么疼了 就自己涂了点烫伤膏

可是第二天起来一看 小臂肿得比大臂还粗 柔思 瑞恩 看

到了非要带我去医院

挂号就要 三百多 好在我有医疗保险 医生说我烫伤之后应该立刻来医院处理 这是三级烫伤 我觉得不怎么疼 是因为神经都被烫死了 现在是夏天很容易感染的

之后回家柔思 瑞恩就一直叮嘱我怎么吃药 睡觉时候用什么姿势 如何洗澡什么的 柔思特意打电话给马来西亚 当护士的妈妈 问要怎么忌口

弄得我很感动

[2006年11月3日 一直 没有掉下来的泪 就这样消失]

亲爱的不二

很多人说 羡慕我现在的生活

很多人说 我的生活很 精彩

如果我说 我现在的生活 很辛苦 是前所未有的艰难

他们会不会 觉得我身在福中不 知福呢

红：陪安东尼度过漫长岁月 I

早上 闹铃响 有时六点 有时七点 一下子就 拖回现实生活 就算有个严重烫伤 也要坚持工作

在希腊饭店做沙拉　切到手指　不敢告诉大厨 怕别人觉得切东西都切不好 因为单子不停地进来　也不能去洗 只好往上面撒点盐 继续工作

Longrain饭店 拣菜的地方冷得要死 这几天还降温 我在那里 站了三小时 一叶一叶地弄了 八盒子 回家以后就 感冒了 嗓子疼 还一直流鼻涕

昨天上课 在学校的厨房　因为小臂伤口的关系 没换衣服穿白色制服就出来了 在冷清车站等了半小时车 在车上又累又饿 下车的时候 又忽然下起雨 把本来烫伤的 胳膊又淋湿了 晚上十一点 一边抖一边回家

发现 钥匙弄没了……

不二 他们一定不知道 这就是我的生活啊

……

不过 老子这么年轻 吃点苦没什么

最困难的已经过去了 最快乐的还没来 哦吔

如果大家都觉得 精彩的话 我想大概真的精彩 或者 会越来越精彩吧

[2006年10月6日 Mentholatum的防晒 越晒越白]

在家休息一天 中午起来烤饼干吃 下午又睡 傍晚才起来开始洗澡 清理手臂上的脓 洗干净以后 涂了透明的药膏 我觉得好得很快 只是这几天 涂了不下四种药膏 也不知道 是哪个起了作用

柔思说饼干好吃 要带到公司给 同事尝尝

晚上 和妈妈聊天 没说胳膊的事情

妈妈说 大连现在海归回来 有特长的 可以很方便地贷款发展……我们谈了最近的生活 小学同学 天气 学费

最后 妈妈说 有儿子真好 有安全感

没有回话 但是 很开心

[2006年10月9日 要 找个人问问 你在我本子上写的 日文是什么意思]

亲爱的不二：

你看我 明明知道时日不多 却又一再虚度 我是坏小孩

上午 九点多太阳上升到一定高度 顺着百叶窗的角度 铺了我一身

迷迷糊糊的 起来坐了一阵子 躺下 换了个姿势睡 一会儿又起来

用遥控 打开电脑 Coldplay（酷玩乐队） 真合我心意

胳膊上的伤口 开始愈合 半夜睡觉的时候 已经磨掉 部分硬的 凝固的脓 露出粉红部分

我想我应该听The Cure 帮它催化

Lovesong（情歌）

无论何时 当我和你在一起 你让我觉得 我好像又回到家了

无论何时 当我和你在一起 你让我觉得 我好像又完整了

我再一次变得年轻了

我再一次变得有趣了

只要我和你一起 我就觉得自己自由了 …… 我就觉得自己 clean了

我会永远爱你…… 我会永远爱你……永远

羊去过 很多地方 一个小姑娘 冬天的巴黎 夏天的塔希玛尼亚 名古屋的新干线 也有威尼斯的轮渡

她说 你去塔希玛尼亚 要住 Oliver Tree 的旅店 16号房间 那里能看到对面 教堂墙壁上 大片的绵羊

我说 真的啊 好啊 好啊

我问她 你在陌生的国家 陌生街道 看陌生风景的时候 脑袋里都在想什么呢

她说 嗯 …… 什么都没想

我说 羊 我喜欢你啊

又开始放 Coldplay
穿上内裤 在屋子里 开始跳舞

意识比身体坚强
语言比心绪理智

Dance dance

[2006年10月15日 高级餐厅的法国菜 我也能做嘛]

最近 墨尔本承办国际电影节 city里 到处都很热闹 买200AU$的套票 可以在电影周里不限场次地看电影 看电影 很好 我觉得

今天和 克莉斯提那小朋友一起去city玩 路过展览馆的时候 看到墨尔本大学新势力 为电影周拍的短片 我和提那在大屏幕前驻足观看

取景窗定格在 一个三十岁左右的男人的上半身 很不起眼的长相

以大概0.5秒的速率 不断地改变发型 服装 和场景 不变的 是那个 没有任何表情的平庸的脸

于是有了 扎黑色领结 站在剧院里的面无表情的平庸男

有了 带耀眼的黄色假发的 身处party里的面无表情的平庸男

有了 略微秃顶 穿着制服站在破旧工厂里的平庸男

有了 刘海长长的挡住了眼睛 打了鼻环的平庸男

有了 带着厚厚镜片 头发卷卷的 科学家平庸男

穿着背心的 围着围巾的 光着膀子的

看起来像园丁的 像社会精英的 像地铁站里的流浪朋克的

这样 一张一张地不断变换着

看着 看着 我忽然觉得好难过

[2006年10月23日 印度人 身上有味道]

最近在学校里 做圣诞的menu（菜单）

我的dish是 竹笋鸡蛋 cheese（芝士）色拉 hollandaise sauce（荷兰酱）

因为 老师之前说hollandaise酱 只有一流饭店才自己做 因为不容易保存 大部分饭店都是 买现成的

可是 我们这里是我 自己做的 当时我就觉得 我们学校饭店 是一流西餐店

认识了 台湾来的 杰锐一

我们不是一个 course的 他在我们班上catch up的课

我做 蛋挞的时候认识他

今天和他一起在厨房做饭 原来 他爸爸妈妈是台湾人 他在这里出生

让我吃惊的是 他同时做四个麦当劳的part time（兼职）工 太强了

交换了MSN

他是目前唯一一个 没有问我 来这里多长时间的人

[2006年11月3日　等我有钱了 就送你双 能走很远很远的鞋]

和那那家里的同学 一起去海边

夏天 可乐 MP3里的Jet 朋友 海…… 感觉 啊

我们cer2的课程 还有一周就要结束了 同学们要一起出去 开 派对

拨软达 对我说 安东尼你 知道吗 You are such a nice guy（你真是个好人）

我美的啊 笑呀笑的

她继续说 你从来不对别人发脾气 还gentle（绅士）

我……

她接着说 中国人都是这样子吗

我没回答 脑子里还在想 原来不是说我长得nice啊……

[2006年11月13日 总有些 很自大 又不自信的人]

爱丽丝同学说 夏天就是 蓝天 绿树加电线杆

今天有四十多度 热得我着实恍惚了 Coco姐打电话来的时候 我正在发呆 她问我要不要一起去农场 采樱桃 说她已经找了三个人

套了一件背心 踩上人字拖我就出去了

两个多小时的车程 开车的是一个上海的男生 Sam

radio里 放着澳洲的new hits（热门歌曲）音乐

学姐问 有中文歌没

Sam 说没有

我说 我MP3里的歌可以发射到radio里

我们听了 王菲 力宏 五月天 大家哈皮地一起唱 然后MP3就没电了

Coco说 可惜啊

然后 我从 包里拿出了备用电池 只见学姐眼睛一亮说 这小朋友以后去哪里玩都要带上

载歌载舞的一路到了樱桃农场 这里交二十块钱 进去以后随便吃

之前 我觉得 樱桃这东西怎么吃也不会觉得饱的 可是没想到 我们如蝗虫般疯狂地吃光两棵树以后 就再也吃不动了 坐在树下 看着娇嫩欲滴的大紫樱桃只能眼馋

这时候 只见学姐拿出来一小罐咸菜 她一边扭着瓶盖 一边若无其事地说 我听说哦 只要吃几口咸菜 就又会有胃口的

当时的结论是 同人女 和 学姐 是高深莫测的

[2006年11月14日 总有些 很自大 又不自信的人]

这学期最后一次在厨房做饭 我问老师 我可不可以 不做餐前 做甜点

老师说 好 于是 我就很开心地 和拨软达一起工作了

我们今天做taffa（塔法） 巧克力蛋糕 和 果肉布丁

不过 最后一堂课 我做巧克力蛋糕的时候 忘记煮橘子了 那个要用一小时 马上就开始serve（服务）了 才想起来 老师说 你用橘子皮代替吧

这 多少让我觉得 有点 晚节不保

下周一 就是毕业典礼了 应该穿西装的 可是我没有…… 连皮鞋我都没穿过……

我这几天 被Dior06 秋季show里面的 美少年刺激到 于是又开始保养&健康生活 每天都洗脸 用Clarins Men（娇韵诗男士）的水 膏 膜

喝果汁 睡美容觉 跑步 游泳 我的保养生活 是一波一波的 不知道 这一波积极的生活什么时候结束 反正被刺激得蛮严重

欧文说 三十五岁以后穿Dior就怪怪的了 我在想 我三十岁以前 一定要努力啊

我不是在打字吗 猫就躺在一边 我伸脚 去逗她 结果她很开心地回应 我们越玩越开心 ……后来我被她 挠了……

同学 一个 一个地 回国过年了 我终于开始有点 想家和朋友了 ……

又开始用 发蜡了 没办法 头发长了以后 就变得卷卷的在时尚电子杂志上 学了几招 原来吹头发的时候 要低下头 原来涂发蜡是 三根手指头和发梢的造型 Kiehl's的 胶太强了 用手指头愣是能 弄出 漫画的效果

[2006年11月18日 青春有 这么酸涩吗]

今天成绩 出来了 我全pass

这说明 我是一个 合格的 二级认证 西餐 厨师了

手握菜刀 仰天长啸

红：陪安东尼度过漫长岁月 I

本来以为 快乐不会长久 怎知 一日比一日快乐 这话 真是又贱 又幸福

买了 Oral-B的 那个S18 超声波 电动牙刷
总体感觉就是 爽

对着镜子里 洁白 闪亮的小牙 笑了半分钟 没换表情
绝对是 刷牙的终极体验

舔牙

话说 昨天晚上做梦
梦到 冯巩穿一身Dior 装束
好像电视 购物一样 拿一个 电动牙刷做广告
他 还说 从小我就尝试 各种保养品……
（做梦而已了 冯叔叔 我们全家 都喜欢你的啦）

[2006年11月20日 有个小朋友 她叫夏只只]

同为写手的夏只只送了我一小段话

她说

在我的心底 住着

自动拷贝保存的夏天 下星期六的午后茶会

让人窒息的海啸 街角面包店的赤豆刨冰

丢失地图的少年旅行家 为搭建临时帐篷而苦恼的女王陛下

和一枚风和日丽的 你

[2006年12月末]

大象在下午三点时分 准时出走

在名叫6th的小巷 和鲸鱼问好时 隐隐觉得不妥

六点一刻 经过中央公园 兔子嘲笑老鼠发火

午夜十点 太空依然明亮 象执意用三只脚跳舞

鳄鱼默默喝净八角杯中 掺有伏特加的瑞宾那

红：陪安东尼度过漫长岁月 I

随着冰块融化时的清脆声音 终于在凌晨三点睡去

面带微笑

忘了时间

不二：No winter at the end of this year（这年末尾没有冬天）

安东尼：那首歌叫什么来着 歌词No spring at the beginning of this year（今年年初没有春天）的 再说怎么忽然说英语

【1】

我是安东尼 二〇〇六年 我在墨尔本学商务料理 不二说它喜欢可以在第一句就介绍清楚 时间 地点 人物的作者

十一月末的时候 澳洲进入夏天 好像是把Tamas Wells（塔马斯·韦尔斯乐队）的唱片 雀巢冰激凌 Pepsi 冰镇啤酒 白色T恤 人字拖鞋 知了的叫声 还有一直没看完的小说 一起放到果汁机里粉碎 然后喝到肚子里发酵 走在街上的时候 有

微微醉意 和莫名的距离感

被养老院炒了鱿鱼 原因是每次分饭的时候给得太多 而且干活慢 没有说什么 领了薪水就走人 一方面看不惯他们对老人的态度 那些老人每天都吃不饱 每顿只吃一勺的意大利面 或者一份土豆泥 当他们拿着盘子再问我要时 怎么能好意思不给呢 至于工作慢 是性格问题 天生快不起来 除了走路快其他无论是做数学卷子 还是吃东西 都快不起来 从下定决心收拾房间 到收拾得满意 也要半个月时间

被养老院的密码门困住 一再尝试 0324 0423 0234 ……这时候Serena过来说 安东尼 你不再来了吗

我说 应该是 她说 你是个好男孩 我们都喜欢你做的意大利面 看着她的眼睛 我笑着说 谢谢

然后她帮我 打开门

阳光刺眼 在bus站等车的时候 右臂上 在养老院炸鱼时候留下的大块伤疤 显得格外明显

不二：世界上有30%的人可以控制鼻孔

安东尼：那我就是那30%

【2】

用倩碧3.5的水对着镜子拍鼻子的时候 我想 还好我不是匹诺曹

对S说 我要睡觉去了

对妈妈说 我很好

对XY说 没想你

对收拾行李回国的同学说 我一点都不想国内 太冷了

对晴天说 会努力写稿子的

对镜子里的自己说 你是元气的王子

说谎已经成了习惯 如果我是匹诺曹 杨利伟可以踩着我鼻子去太空了 不过 太空里 站在这样鼻尖上的 杨大大 会不会有一些心酸呢

不二说 因为压强关系 在太空人是哭不出来的

不二：月亮有八百一十亿磅

安东尼：那B612呢

【3】

有的时候 月亮和太阳同时出现在空中 月亮又蓝又白的 蓝色区别于天空的蓝 白色也和云彩颜色不同

每次看月亮的时候 都提醒我 自己也生活在另外一个行星上 那个行星 大概有7/10被水覆盖 在有限的陆地上 也不是都适合人类居住 比如南极 比如沙漠 然后 那么多的人 在我们所称为 富饶的地域生活 白的 黄的 棕色的 黑色的 感觉上是用小米填满波音747 或者航空母舰

每次想到这些 我都觉得那些 困扰我和让我喜悦的失落和成就 都好像 屁 一样 根本什么都不是嘛

不过我只是偶尔 看月亮而已

不二：鲸鱼 一分钟心跳九下

安东尼：那心跳一次 是不是 需要6.6666……秒

【4】

不上课 又不打工的时候 时间就过得无比慢

十点钟起来的时候 房间里已经好像预热了的烤箱一般 钻进浴室冲凉 出来以后跑到楼下 用黄油煎鸡蛋 边吃边看当日的 墨尔本华人报纸

之后上楼 回复space 和邮箱信件

猫围着我的腿打转的时候 就给她加一些清水 和猫粮 看师父硬盘里的韩国综艺 SJ里面的金基范说 在国外的三年 一直没有朋友 第一次进教堂祈祷的时候就哭了

一点钟关电脑 在一天里最热的时候睡觉 房间太安静 甚至可以听到手臂关节处 血液流动时候的 噗噗的声音 不清楚什么时候 睡着 再醒来的时候 嘴里干得可以 到楼下 从冰箱里拿出Pepsi 坐在阳台看天 看天是很寂寞的姿势 我一直这么觉得 不过寂寞的时候做什么都显得 不自然 所以 随它去吧

因为是圣诞假期的关系 街上格外的安静 公寓外的铁轨偶尔有tram（有轨电车）驶过 地面蒸发出来的热气 在离地表30厘米处产生 折射

稳健行驶的tram 上面平行伸展的电线 再加上 四周墙壁上的涂鸦 这一切似乎是 在某个城市的方频道里看见的 很地道的公益广告

回房间上网 那那来电话说 明日回国

在线上看到 欧文 他说 大连下了雪 我说 我热得光着身子都不想动

七月说 哥哥 你那里是夏天吗

我说 对啊 她又问夏天过圣诞岂不是很奇怪

我说 嗯 圣诞老人都光着膀子送礼物

看了下笔记本的时间 28/12/06

然后忽然 没有任何征兆地想去旅游

我对欧文说 我要去旅行 欧文说 好啊 我现在去上自习

等我回来 照些雪的照片给你凉快凉快

本来和羊说好了的 有机会去塔西马尼亚玩 她说那里Oliver Tree 的旅店 16号房间对面的教堂墙壁上 有一群羊 于是查了下机票 新年期间去TAS的机票竟要 四百多 是平时的两倍 只好作罢

不二：鳄鱼无法伸舌头
安东尼：怪不得 它总是哭

【5】
29日 去city的旅游中介咨询旅游信息 那里的志愿者Catherine很热心地帮我介绍了一些城市 最后决定去Adelaide（阿德来得）无论是 距离还是热闹程度都合我心意

她说去Ade的时候 会路过一个叫Murray land（穆理地区）的小镇 在河边 很安静也漂亮 你应该在那里住几天 我说好 于是订好了票 去的时候坐 bus 回来坐train

订住宿的时候Catherine说 Murray land的backpacker（背包客）都已经满了 于是给了我电话 让我自己联系

打电话过去 对方自我介绍说是Brian 我给他讲了情况以后 他要了我的Email 说晚点和我联系

睡觉前收到Brian的邮件

Dear Anthony,（亲爱的安东尼，）

Thanks for your call.（谢谢你的来电。）

We will expect you on Saturday sometime after 5pm. We are situated at the corner of Bridge and Sixth streets.（我们将在星期六下午五点后的某个时间等您。我们位于大桥和第六街的拐角处。）opp Town Hall.（镇公所对面）

The cost will be $33 per night that includes a continental breakfast of fruit juice, cereal, toast with spreads, tea/coffee. This fee will be payable on arrival.（费用为每晚三十三美元，包括欧陆式早餐，包括果汁、麦片、烤面包和涂抹酱、茶/咖啡。这笔费用将在抵达时支付。）

Have a safe journey.（旅途平安。）

Regards Brian（问候布赖恩）

就这样 跨年旅行开始了

[2006年12月30日 旅行的 意义]

1

早上八点从Southern Cross出发的大巴 可是睡到七点多时才起床 匆匆忙忙地往背包里塞东西CD MP3 地图 车票 内裤 袜子 巧克力 可乐 书 钱包 洗脸和刷牙用的东西 前一天晚上就和 柔思 瑞恩夫妇说好了要出去旅游一周 让他们帮助照顾猫 把纸抽放到柜子里 否则回来的时候 猫一定把它撕得到处都是

最后在门口又看了眼房间 关门 下楼 打车

2

大巴是上下两层的 车体上用火焰字样写着 firefly（萤

火虫）

坐在大巴 中间靠窗的位置 听孙燕姿的歌 师傅不喜欢孙燕姿的歌 说听她唱歌觉得累 我觉得师傅的品味很独特 孙燕姿所有专辑里面 我最喜欢的就是*Leave* 百听不厌

后来和坐在旁边的老太太讲话 她问我 去哪里 我说去阿德来得

有朋友在那里吗 她问

我说 没有 只是过去玩 我问她怎么在圣诞节期间出来玩

她说 她住在新西兰 在墨尔本女儿家刚过完圣诞节 现在去儿子那里过新年

老太太气质很好 带宽边的老式流行礼帽

我忽然间没有了话题 把头转向窗外

这样的天空 我一时没有词汇用来形容

是之前生活的二十多年里 所没有见到过的天空

天空很 空

然后接着看书 在city华人书店买的村上的新书 《东京奇谈集》 最喜欢 哈纳莱伊湾的故事

女主人公十九岁的儿子在夏威夷考爱岛 哈纳莱伊湾冲浪的时候 不幸被鲨鱼咬掉一条腿死了 此后 每年儿子的忌日她都会从东京飞到这个夏威夷海滩 从早到晚 静静坐着看海 偶然遇到的 两个日本冲浪手 告诉她 在海滩见过一个单腿的日本冲浪手 她极为惊讶 四处寻找却怎么也找不到

村上曾在他的一个 俄文译本里说过 我们的意识存在于我们的肉体之内 我们的肉体之外 有另一个世界 这一关系性常常给我们带来痛苦 迷惘 悲伤和分裂

这时候 老太太敲了敲我说 我们已经进入 阿德来得了 你要把表调回去半个小时

3

途中 有黑人的小孩晕车 吐了一地 bus在一个加油站停下来 司机借来了桶和拖布 小孩子可能是因为不舒服还是不好意思 开始哭 她妈妈一直向四周的人道歉

大概下午四五点钟的时间 我到了 Murry land

4

从镇子的 information（信息）拿了地图

是很小的镇子 从这一边走到那一头 大概只需要半小时 因为还有两天就到新年了 街上所有的店面几乎都关门了 显得很冷清

很容易地就找到了 有钟楼的 白色town hall（镇公所）我订的小旅馆 在它街角对面

很小的门面 可是 来到二楼就变得宽广 接待的地方在餐厅的服务台 没有人

我喊道 有人在吗 这时候 出来了一个 五十岁左右 秃头的男人 他穿苏格兰男人那种长筒袜子

他说 你是安东尼吧 旅行顺利吗

我说 蛮好 向他要了 房间钥匙 并询问了下附近的饭店

他说 街对面有个 中国的面条盒子的外卖 顺着大街往上

走 有MC 和红鸡仔 河边有个小西餐店也不错

房间 很小 有个小书桌 小电视和 小柜子 维多利亚风格的被罩 枕头罩 我洗了澡 换了衣服 去楼下买面吃 老板说 不能在店里吃 我拎着小盒子 往河边走 蹲在破旧高墙上吃炒面 想起我们大学食堂2楼的炒面 没有多少肉 不过很油腻的感觉 放很多白醋 很好吃

不过 这个炒面不好吃 拎着剩下的半盒炒面 沿着河走 不知道要去哪里

河上有 钢铁框架的高桥 有车 一辆 一辆地从上面开过 轰隆隆的 声响 我从桥的阴影上走过 桥墩上刻着 ×××爱 ××× 的字样

索性在河边 木质走廊上躺下来 身底下是河水 有哗哗的声响

双手抱在脑后 把腿弓起来 阳光刺眼 把眼睛闭上 又睁开 总觉得天空会有 什么东西掉到眼睛里

我在想你

觉得很可笑 我在每一个地方 想你 人很多的时候想你 自己一个人的时候 你更是成了思想的主角 这样的你 让我羡慕

那样子 躺了很久 开始觉得冷 睁开眼 原来天已经阴了下来 要下雨了…… 我开始往回走 仍拎着那 炒面盒子

5

第二天 是今年的最后一天

吃早饭的时候 遇到 不软恩的妻子 我们聊天

原来她和不软恩去过大连 不软恩以前是做澳宝生意的 她还说 他们这个小店 一直有人来住 所有的 客人里 他们最喜欢 中国和日本的小孩 很有礼貌 她说

得知我是学 西餐烹饪的 她说她儿子就是厨师 在河边开一个小饭店 我应该去尝尝 这时候 我想起来 不软恩昨天提起过 大概是他没好意思说

在河边西餐厅吃了 牛排加蘑菇沙司后 去小镇的 电影院看电影 可能因为是 新年的原因 影院里不到五个人 上映的是 *The Holiday* 《恋爱假期》很温馨的圣诞新年档的电影 没想

到求德洛 的毛那么多 有点惊讶

看了电影出来 已经有 十一点多 回到住处 不软恩和妻子都不在 估计是去对面教堂参加新年派对 我在露台上坐着 看教堂里的人们在跳舞 他们穿得都很正式 不断地拍手 和欢快的声音

教堂 大表 要指向十二点的时候用数码相机 照了下来 接着是 教堂里 传出来的 新年快乐的 音乐和人们彼此间的祝福

回房间睡觉

6

2007年的 第一天 早上 起来 天又热 在村子里走 又不知道要去哪里

看到一个小教堂 便走进去 没想到 里面坐满了人 神父在上面读文字 我小心翼翼地 在后面的长椅上坐下来 之后 有几个人 上去讲 他们和他们身边人发生的故事

然后 大家 排队上去喝水 都用一个 杯子 让我觉得 不卫生

接着 大家回到座位 开始唱歌 歌词很好 可惜我忘记了

下午的时候 告别了不软恩夫妇 去了 Adelaide（阿德莱德）

7

在 Adelaide 住了 青年旅馆

三更半夜 到city的 大街上 和小铜猪们合影

第二天 上午给 羊 邮了明信片

然后去 Adelaide港 坐船 看海豚

晚上 去赌场看 live show（现场表演） 那个乐队 我不是很喜欢 还是喝了五瓶啤酒 坐了两个小时

舞池里 有夏威夷样装扮的 亚洲女生 很忘我地跳舞

喝酒抽奖 我得了两个大胡子 贴到嘴上 然后喝酒有点困难

半夜 稀里糊涂地 回到旅馆 爬上铺的时候 可能把下面的人摇醒了 听到他在说脏话

8

第二天 就又回到 Murry land

很冲动的 就想游泳 没带毛巾 和换的衣服 就向不软恩借了自行车 去找游泳池

游泳池里 很多人 大多也都和我一样 穿大短裤 和短袖在游泳 十几岁左右 或者更大一些的一群孩子 不厌其烦地 一次次从池子里 爬出来 然后再冲刺 跳回去

游到筋疲力尽 准备回旅店 短袖紧紧地贴在身上 裤子也在滴答着水 于是 站在 麦当劳门口等了一下 才进去 买了双吉汉堡的套餐

晚上的时候 温度计显示35℃ 小房间里闷热 我怎么也睡不着 用瓶子在厨房接水 然后 洒在房间的墙上 还是 让人 难以忍受的热

看电视 在重播 新年时候 悉尼的焰火盛况

换台 在播 日本的 动画《再见萤火虫》

于是 就一边看电影 一边去厨房接水

躺在床上 只穿内裤 用大本子扇风 拿出手机 看了一遍 觉得没有想打给的人

继续看 电影 死了很多的人 哥哥 有点傻气 和妹妹相依为命

哥哥死的时候 很自然就哭了

忘记什么时候 就这样 在新年里的第三天晚上的 炎热房间里 睡着了

9

坐V/line（澳洲的一种火车路线） 回墨尔本 七个小时左右 这样的行程

期间 看到 很多很多 黄色 草地上的羊群 很自然地想到那个 一直没有看最后章节的《寻羊历险记》

"这旅途不曲折 一转眼就到了……"

[2007年1月10日 喜欢你 因为你笑得自然]

因为 旅行的时候 用了挺多钱 于是在同学的帮助下 又找了份工作

在 寿司店工作 老板知道我是学西餐又有在饭店打工的经验 很痛快地 就让我填了 工资的表格 告诉我 明天就能上班了

我的工作就是 扛大米 洗大米 蒸大米 醋化大米…… 每次打开 机器盖子 当我置身 蒸汽之中的时候 会默默觉得 自己是一种靠洗去 米饭精华 而存在的妖魔鬼怪

每天都要扔很多 大米 让我这种 吃饭时候碗里 一粒米都不留的人 觉得很是 丧尽天良

今天做了 十四大锅的米饭 觉得 足够我吃一年的了

亚洲人厨师 问我 你会切三文鱼吗

我说 会

他说 你吃生鱼片吗

我说 还行 不过不喜欢寿司
他说 你是 哪里人
我说 中国人 你呢 我一边切鱼一边问
他说 我是日本的
结果 我随口说了句 Oh,little Japanese（哦，小日本）啊
他问 你说什么
我……

主管是 澳大利亚人 每次见面 他都来问我 How are ya（你好吗）
早上的时候 我就说 Good，how about you（很好，你呢）
中午的时候 就开始不耐烦说 Not bad（不错）
等到下午 我就根本不回话 笑一笑 心里想 关你什么事

都没有 吃饭的时间 饿了 我就抓一把 大米往嘴里填
下班回家的时候 总觉得 右脚心 走路时候 某个角度就很疼 一使劲 更疼

觉得 自己可能长鸡眼了 然后很不爽 后来在 站台 脱了袜子一看 原来是粒猫砂

[2007年1月17日 大啦 大啦 大 大 大啦 大啦 大 大]

回想 和你在一起的 时光 发现连夜都更黑

[2007年1月20日 Life is beautiful（美丽人生）]

下了 五月天的 新专辑 开始听《胎音》

觉得好像是 做Spa（水疗） 喝 瑞宾那

后面那个 呓语 本来以为是 鸭子叫 后来 欧文告诉我 是冠佑女儿

喜欢一个人 就要表白

每次表白 都要被拒绝

屡战屡败 越战越勇

[2007年1月22日 一只小蜜蜂啊 落在花丛中啊]

最近 开始疯狂迷恋 Dior Homme 觉得这衣服 不就是为了我这种 身材的人而设计的吗

平时 我穿得都挺平常 不是叛逆的人 不过 叛逆起来就不是人

想说 滴嗷嗷 很叛逆 很低调/高调 很摇滚 很迷幻 ……全中

在Dior Homme 官网蹲着看走T 像个小学生一样 坐得整整齐齐的

伴着 Eight Legs（八条腿）的音乐 小魔豆们在T台上 这个飘啊

李安先生说 人人心中 都有断臂山 当时 我就觉得我心中那个山顿时 zoom in 放大好几倍

我很好奇 世界上怎么会有这种动物 连臭脸都很好看 调调都漫溢了

觉得自己没那个 调调 我的调调是 一三五班尼路 二四六真维斯 周日在家三枪大短裤

[2007年1月25日 你身上 那个味道 到底是不是因为香皂]

最近 身体很不好

每天只睡 五个小时 早上四点半 天还没亮 就爬起来去tram站等车

每天只能吃一顿饭 大便干燥 并有血 开始做很完整 很完整的梦

晚上 九点多回家 吃了饭以后 想说 早点睡觉吧 结果 睡到十点左右 恶心醒了

跑到卫生间 开始吐 然后 开始 戴着胶皮手套刷坐便 刷得和碗一样白

[2007年1月26日 You are the fox（你是狐狸）]

亲爱的不二：

亲爱的不二 终于有个 机会 可以 好好地和你说说话

我对你平时的那些 自言自语 现在被登在一本杂志上

最前边 被编辑 加了一些话 于是 很多人都在猜测你到底是什么

比如 不二是个玩具兔子/不二 是个宠物/不二 好像是条狗哦 好失望

你看 有些人 不明白 就是怎么也不明白

有些人 明白了 他们不会问我 不二到底是什么

那么多人看 你会不开心吗 还是 你只是想让我对你一个人说

如果 那样的话 我就不写了 毕竟我只想对你 献媚的

而且 说给你听的 那些话 那些 不明白的人 估计看了也没有任何意义

我知道 你喜欢我 陪了我这么久 无论是我 不够坚强的时候 懦弱的时候 自私的时候 肤浅的时候 还是 没有feel的时候 你都在

只是 你会一直喜欢我吗

我可以 接受热情的人 也可以接受 冷漠的人 只是 如果热情的人 变得冷漠下来 我就会琢磨 怎么会变成这样了呢

开始的时候 读《小王子》 觉得 为什么玫瑰一直在 折磨着小王子

可是 后来 有一天 玫瑰突然说 你这个笨蛋 你不应该相信我说的那些话 她说 你如果想离开的话 就离开吧 我会好好照顾自己的

她说着 我会好好照顾自己 并同时 伸出了她的刺

那一刻 我突然明白 玫瑰 那美丽 脆弱 而又 甜腻的感情啊

亲爱的不二 我们又要 搬家了 这次 要搬到山上

想说 还好 有你

[2007年2月6日 风雨欲来 伤满楼]

倩碧的香皂 可以用上一年 真的是简单实用的产品 不过水用到脸上的感觉 就太辣了 那个霜也觉得 有点油腻

痛楚的签名变成 Sony888单放 安桥卡座 建伍黑胶 东芝收音机 MD iPod 还有什么能发声的设备 我没有

用了四年的手机 索爱Z208 胖胖的那个 最近开始总是花屏 据说 手机 CD机都是消耗品 所能陪你的时间 不过那三五年

不知道 为什么 很萌CK内裤那个边 去city逛街 不时地就买一条 有一次洗衣服 把内裤染了颜色 我问 S要怎么才能洗掉 S说 洗不掉也没关系 反正穿在里面

我说对 反正 就是露一个红边边就行 然后S就开始坚持叫我 小红红

我说 真难听 她说 那叫你小AA

我说AA 看起来 好像 罗马胸罩

[2007年2月14日 请 把我画到 四格里]

上课 已经有三天了 新的课程表 每周只有三天的课 这样周四周日打工 周五如果忙 老板给我电话 周六可以休息

由于 房间换手的问题 还要在 Rose家住几周 最近都坐火车上课 来回通勤 我喜欢火车 tram总让我觉得 很累

在火车上 遇到 另外一个 叫 安东尼的男生 他用 Sony的 CD palyer 很老的款式 这让我觉得很地道 他蓝色眼睛 我们分了 奇怪口味的 薄荷味道 吉百利吃

我的 脑子里 经常空白 然后 那个一直构思的情节 会忽然跳出来 每次想到 那些情节 很用力地想的时候 莫名其妙地就会觉得 身体感到不适应

下午放学 忽然下雨 然后 忽然又放晴 这是典型 墨尔本风格的 天气

在火车里 看到彩虹 激动地喊 诗味卡 快看 快看 竟然有两道彩虹

她说 你怎么像小孩子一样

我觉得 我大概有十年 没有看过彩虹了 不知道怎么解释 看到彩虹的时候 就会 不自觉地 面带微笑

这样的 美丽风景 持续了 一分钟以后 消失

PS：两道彩虹是 特别的 物理现象 正确的说法是 一道是虹rainbow 一道是霓secondary rainbow

上面的是霓 下边的为虹

两道的颜色排列正好相反 虹是红上蓝下 霓是蓝上红下 因为 霓比虹多一次光线反射 所以霓的光度比较弱 一般不容易看到

[2007年2月18日　You are my sunshine（你是我的阳光）]

中国新年的第一天 下午三点整 结束了长达一年的*Queer as Folk*（《同志亦凡人》）的观看

忽然明白 一件事

All about life is just love and fuck（生活的全部就是爱

与性）

[2007年2月28日 我在 梦见 你]

只是 我会在 这个时候 遇见 你吗

有的时候 我会想象 我们再次见面时候的 样子 机票终于拿到 握在手心 也不舍得往包里放 一直攥着

4月1日 在日本 愚人节

4月5日 北京 上海 清明节

4月11日 大连 生日

我的 头发长了 身体也不错

最近 开始做很长 很长的梦 deja vu 是法语 就是 视感的意思

指 未经历过的事情 好像在某处经历过一样 重复一次 恶化一次

我有一个梦 就是这样的 一连做了好几年 ……

梦见一个 很纤细的纸盒人 在前面跑 后边一个男生在追

他们一路跑下 高层公寓边上的消防楼梯

纸盒人 跑得踉踉跄跄 小男生穷追不舍

来到湖边的时候 纸盒人没了路

小男孩 一下子 跑上来把他推到了湖里

纸盒人 沉了下去 然后 湖里开始冒水泡

这时候 做梦的我 觉得纸盒人 死定了

觉得小男孩 真坏

可是 过了一会儿 梦里的纸盒人 慢慢地浮上来 整理了下脑袋 从湖里爬了出来

他没有 任何表情地 看了一眼小男孩

然后一句话没说地 走开了

只留下小男孩一个人在湖边

很安静 很潮湿 很寂寞的样子

这样一个梦 做了好几遍 总感觉是 在小时候 发生过的事情

不过 忘记了 我是 纸盒人 还是小男孩 或者 只是一个路人呢

[2007年3月2日 自大的 乐观主义者]

脑袋在放空 于是 即使是我这样 记性不好的人 也很莫名地想起来很早之前的事

比如 小学时候 我们班级里 那个不怎么说话的 胖胖的女生

比如 冬天的时候 家里买那么多 大白菜 我和旭一颗颗地 搬

比如 那个 半年前 就不怎么好用了的 密码锁头

还有不到一个月 我就要出发了

只是 很早之前 就想见到的人 终于要见到了

很早很早 以前在心里设定的 情节 终于要发生了

为什么 现在却不希望 下个月 来临呢 或者 希望 四月已经 过去了

我真纠结啊

另 如果 每天早上 都有 牛奶 和奥利奥吃就好了

只是 每天的便便都黑黑的 也挺那个

狐狸说 猎人养鸡 不过他们也有枪 事物都有 好坏两面

[2007年3月5日 Bar fridge hbf80]

我让你从 日本发邀请信过来 说明我们的关系 你的地址和我在日本停留的时间以及你的护照号

好从这里申请 去日本的 visa

然后 你特意去朋友家 发邮件过来 半小时后 收到你的邮件

我不懂日语 不过我看你写到 ××友達 OO

×× 是我的名字 OO是你的名字

然后 我把那个信 看了一遍 又一遍

我让夏只只 帮检查一下 她说 你竟然写了 拜托了 好奇怪

我问你 为什么 你要写 拜托了呢 多不正式啊

你说 お願いいたします（拜托了） 这个可是日本最 尊敬和恳切的 说法了

然后我就在想 你在说

拜托了 请给他签证吧

拜托了 请让我们 在这个 不是我们长大 到处都是说不同语言的人的地方 见面吧

我这样 想了一次 又一次

[2007年3月6日 We look better together（我们在一起看起来更好）]

小王子 坐在山顶 思考 为什么公主不喜欢我呢 的下午 遇见 彼得·潘

师父的签名变成 所谓人生 便是取决于 遇见谁

十三岁的时候 他遇见他 他说你怎么长得像个小动物

后来他去日本 他去英国 放学坐火车回家的时候 路过一个小站

上来很多 学生 前边两个男孩坐下来以后 开始分一个iPod 听 一个男孩在打PSP 另一个在看书

然后 火车开始穿过草原 云凝重又厚实地铺展到天边 有几只羊 站在树下 一动不动 好像模型

他的 Sony HD5 里忽然开始 放Mono的歌 有下雨的声音

他闭上眼睛 依靠在车窗上 想 如果他在身边

十五岁的时候 她遇到她 好像所有女生之间的甜腻情感

一起上厕所 一起写作业 一起逛街 一起讨论喜欢的男生

她有了新朋友 她就把新朋友和自己的关系变得更好些

她被别的男生夸漂亮 她就用了半个月的生活费 买了那个牌子的连衣裙

她有了男朋友 她就开始不断地换男朋友

她失恋 她也分手

她们出去喝酒 喝到大醉时候 她忽然问她

你有没有 一点点想过 把一个西瓜 放到我脑袋上

[2007年3月8日　Cucumber massage cream（黄瓜按摩霜）]

猫在这里住了 四个月 十六天

没给她取名字 总觉得猫是不应该 有名字的 而且 她本身也不会喜欢

学姐说 她是当地猫王的 女儿 是个 古惑女

有的时候 我想摸她 她就躲开

有的时候 我上网 她就跳上椅子 在我腿上睡觉 我光着身子 能感觉到 她的毛很滑

有的时候 我迷迷糊糊的 刚起来 趴在床上不动弹 她已经在屋子里玩了一阵子 就跑过来 用凉津津的鼻子 顶我的手指

我尝试 和她说过一次话 不过当时觉得怪怪的 很不自然 所以就放弃了

之前 我和师父说 我们之间没有爱 随时你都可以拿回去啊

可是 我要住学生公寓以后 不能养动物了 五天后 真的要送走的时候

我竟然 开始思考 没有了猫的生活 多么寂寞啊

以后 躺在床上看小说的时候 再也听不到 浴室里 猫 啧啧 啧啧 喝水的声音了吗

给 猫君：

给你写东西的时候 不能加亲爱的 因为 我们没到那个程度 你知道

你走那天的 前一日 我晚上 打工回来 很累 不过 走到家门口的时候 忽然想起来 明天 你就要走了

然后 又走了半个多小时 去超市 给你买那个 一直没舍得

给你买的 十块钱的 柳丁鱼罐头

晚上的 时候 蹲在旁边 看着你吃

你走的 那天早上 你一副完全不知道自己要走了的样子 还是在屋子里跑 然后站在床边 看着我睡觉 我看看你 继续睡

今天 收拾家的时候 发现 立地台灯下 有很多你的 猫毛

家里 没有了你以后 空气 清新多了 不过 怎么说呢…… 算了 不说了

好好照顾自己 吧

这样

[2007年3月11日 cucumber massage cream]

搬家的 时候 就要看 KAT－TUN 海贼演唱会

身心俱疲的时候 看美少年扭屁股 就好像 筋骨全废以后 用 黑玉断续膏一样

太有爱了嘛

今天 到底有多热呢 官方报道就是 三十摄氏度以上

打个比方 就是 我刚刚踩到地毯上 阳光里的一枚两块钱硬币 烫到脚了

去年 3月11日 来澳大利亚

今年 3月11日 搬到 山上的学生公寓

我在山上住 311 房间 310是韩国人 312是美国人

[2007年 3月17日　Orange flavor berocca（橙子味贝罗卡）]

前天晚上 做很奇怪的梦 感觉地点似乎是 初中时候的教室

我和好朋友 坐在桌子上说话的时候 后面的 那个不怎么熟的人 一直重复着同一句话

似乎在说 谁谁谁 害怕什么什么的

昨天晚上 梦见 喜欢的女生 地点是上海 我有点紧张

总是觉得 话说不到好处 后来 又跑到我家 说着 说着就亲了她

后来 不知道为什么 又去了姥爷家水库 我教她用冰车

她笑得很开心 我也很开心

我的房间 不到二十平方米 是红色的门 310的美国男生说英语很好听 嗓子沙沙的 挺特别

312 不是美少年 果然 我是不控 韩国的

我的生活 健康了很多 基本上 晚上十一点就睡觉了 早上八点起床

窗外 一下子能看到 一公里以外 一直有树 有葡萄园 有分不清种类的大鹦鹉

傍晚的时候 看很多车 拖着尾灯 在远处公路上 走 一辆又一辆

每天都做的事情就是 早上吃Coco Pops喝牛奶

晚上 喝牛奶 看《蜂蜜与四叶草》

[2007年4月 三千尺高的 大片云朵]

1

两周内 坐九架飞机 坐到心安理得

在听 喜欢的那个女孩唱《旅行的意义》她唱 你离开我就是旅行的意义

我们为什么要 旅行呢

我想 可能是 因为 有些人 有些事 有些地方 一旦离开 就回不去了 或者应该说 总觉得 自己回不去了

于是 我们不断地离开 去旅行 斗志昂扬地摆脱地心引力证明自己不是 苹果

我们旅行的原因 只是因为 当初我离开了你 就好像 小王子 离开了玫瑰

我想 那些仍在不停旅行的人啊 他们心里 一定 暗暗地期待 最原始的 朴素的 物是人是吧

然后 他们不断地 踏上旅程 亲爱的不二 这是多么温暖而又 忧伤的感觉啊

2

在日本东京机场 要取行李 安全检查的时候 工作人员 用可爱的英文发音问 你的箱子里有几把刀 我说 是的 我是厨师 她笑着说 哦 搜大耐（原来如此） 从国际旅人安检通道出来 就看见了你 你染了头发 样子没有什么变化 看起来有点累 你上来就问我 你是笨蛋吗 出来这么晚

我只是笑 看到你 我很开心

后来我们坐 地铁 你说 要坐好远好远 我都没有在乎 日本 和澳大利亚都是外国 可是在日本的地铁上 心情是 不同的

上来 四五个 穿短裙的日本女生 坐在我旁边 那个 女生脱了外套 你凑到耳边对我说 她在勾引你 日本女生就喜欢你这样 瘦瘦 高高的

我说 别彪了

我的旅游方式是 到一个地方 选一个好宾馆 然后开始睡觉 醒来就出门找个好饭店 吃饱以后开始乱逛 完全没有计划 随意且慵懒 可以放空

而在日本 你把我的行程 排得满满的 东京塔 浅草寺 上野公园 皇宫 迪士尼……

其实 我没有很想去 那么多地方 我只想和你在 日式旅馆看看电视 晚上的时候 出去走走 因为是四月 公园里开满樱花神社里有庆祝的仪式 我们可以在 居酒屋里吃拉面 或者 干脆去麦当劳吃 双吉

不过 即使是 这样 我也很开心 因为 带着我到处走的人是你

其实 我一直在放空 恍惚地被你带着走来走去 换不同的地铁 恍惚地听你说日语 你用很多的啊喏……我会 恍惚地觉得 这里不是日本 而是我们初中时候的大连

在地铁上 我看到有欧巴桑（阿姨）上车 赶快起来让座你想拉我 没拉住 老人家 和我说谢谢 然后坐下

我站在你前面 你用中文和我说 在日本 你给别人让座 可能会让别人觉得 很没礼貌 她们会觉得你认为她们老 我想这可能和日本人骨子里的危机感有关

在澳洲的时候 我坐tram（有轨电车） 有老太太上来 还

没等我说话 她就过来说 她要坐这个座位

觉得 日本的节奏真的很快 日本人的压力很大 车厢里一半以上的人 都在小憩 或者很小声地彼此说话

四月一日 我们登上 东京塔 Tokyo Tower 333米

我脑子里在想象 这个是 封真站过的地方 我们印了纪念硬币的钥匙链

2007.04.01 Anthony Liang上面这样写着

总的来说 愚人节 和旭一起来东京塔 我觉得 有点讽刺

3

晚上 我们和 同是大连来的一个男生 和一个女生一起吃饭 在小饭店的二楼 不知道 是因为很开心 还是很难过 喝了很多酒

我觉得 我是特意想把自己弄醉的 然后 后来的事情都不记得了 我醉了 你也醉了 我把FC的小毛衣弄丢了 我们在饭店门口合照了

然后 我们坐上火车 结果都睡着了睡过了站 不知道坐到

了 哪里 被列车管理员摇醒 说已经没有列车 然后 和你稀里糊涂地 出了站台 打车往回坐 花了七千多日元 下车的时候我吐了一地 第二天醒来 发现衣服没了 不过还好 护照还在

最后一天 我们去龙门 我给爸爸妈妈朋友买了护身符

有很多人在那个大炉子周围点香 我买了香 点着以后 默默地在心里想 我身边这个男生 经历了挺多坎坷 今后的日子请一定让他幸福 即使是把我的好运气都给他 也可以 插香的时候 不知怎么的 香就掉了 当时 差点难过得哭出来 执意要把它捡起来 重新插一次 把手伸到里面 结果被香炉烫了一道红条 你埋怨地说 傻了你 怎么那么犟

之后 犹豫再三 还是抽了签 吉

旭说要帮我解释 我没有给他看

下午回到旅店 你说你想睡一觉 我说 我要去上野公园走走 你把你的手机给了我 说走丢了 给你打另外一部手机

上野公园开满樱花 傍晚时候 有很多很多 人 围成一团一团的 坐在樱花树下 好像日本剧或者漫画里的样子 因为是春

天 我穿着一件卫衣也不会觉得冷 在树旁的石头上坐下 眼前是很多 很多 喝米酒 吃寿司 大声唱歌的日本人 风吹过的时候 樱花就 簌簌地落了下来

我不断地眨眼 好像是 不停按下的快门 想把这个场景 很认真地 记在心底 然后 打印 冲洗出来

当天晚上 我们躺在 榻榻米上聊天 你对我说 你对女生太好 这样她们反倒不珍惜你

你还说了 你和你 最新的女朋友是怎么好上的

慢慢的 我觉得累 就睡着了

第二天早上 我们 顶着雨去地铁站 顺着 上野公园的 高墙走 天空灰暗 雨带樱花

因为 你要赶 回去京都的新干线 所以我们就此分别

你说 你好好照顾自己 我嗯了一声 便拖着 旅行箱子离开了

在心里暗想 不要回头 不要回头 可是 快要到拐角的时候 还是快速地转过去看了下 你还在那里 和你招了招手 发现你表情是少有的严肃

后来 我回国以后 发现 我们在 日本的时候的照片 全都因为 储存器的问题 而没有了 一点也没有觉得心疼 感觉上似乎这段回忆 只属于 我们两个人了 只有 你 和 我

4

日航飞机 飞过 韩国的时候 我醒来 告诉自己 我要回国了

一年多 没有回国 出了北京机场 买了电话卡 给高三打电话 周围的 每一个人 都在说中文 觉得亲切 同时也有点烦躁

北京 我大概七岁的时候 来过 不过 已经 完全没有了印象 我喜欢 北京人说话时候的语调

总觉得 北京灰茫茫的 天啊 建筑啊 什么的 都好像很久很久以前电视里出现的情景 可能是因为 春天沙尘暴的原因吧 我想

打车 去了 展览馆宾馆 晚上 和高三去吃饭 买衣服 高三

说 因为 展览馆的门柱又高又大 所以他小的时候 一直以为北京展览馆是 大象馆

次日早上 小茧 打电话 给我 说 来接我 在大厅等她的时候 给院子里的玉兰照了 立可拍

晚上被小茧和睿睿招待 吃烤鸭

我把那个做得好像小蛋糕一样的 香椿豆腐 放到小碗里吃

小茧说 尼尼 这是茶碗

我觉得很无所谓 哦 了一下 继续吃

睿睿摇头说 这孩子在国外待的时间太长了

接着穿着高跟鞋子的红色旗袍过来了 她说 先生 这是茶碗

我看着她的眼睛 点头说 嗯

然后她问 要什么酒水

我问 都有什么果汁

然后她说 葡萄 梨 苹果 桃子 橙子……

拿两瓶可乐 我说

然后 红色旗袍瞪了我一眼 走了

睿睿非说我是故意的 其实我不是 我只是掉线了 我想

晚上 我们三个人 窝在厅里看电影 因为我想要 看天安门升旗 大家决定 干脆通宵好了

原来 升旗的时间 每天都在 改变 小茧上网查好了时间

其实 为什么 一定要看升旗 我也不是很清楚 不过那个想法倒很坚决

把车 停到 皇城根脚下 我们穿地下通道走过去 升旗的时候 我有点放空 很认真地行了 注目礼

然后 在心里响亮地喊 了句 我是 中国人

一起在 永和吃了豆浆油条茶叶蛋 邻桌 有两个年纪相差四五岁的男人边吃东西 边往这里看

下午 小茧送我去 机场 飞上海的飞机 check in前 狠狠地和小茧拥抱 告别 小茧和睿睿都是 聪明而又 分寸拿捏得很好的女生 我很喜欢她们

5

飞机在上海 着陆 给小四电话

之后 看到痕痕 心心 大家一起去唱歌 第二天去工作室看了很多的 回馈表 下午和小四签了合同 期间有小女生 上来要签名

晚上的时候 去小四家看电影 我和痕痕做饭 白羊座 和狮子座一起买东西 真可怕 两个人 就一顿晚餐 两百块都不够我们 付账的 只好打电话给心心来送钱 旁边很多人 往我们这里看 是春天 痕痕已经穿很漂亮的短裙 我穿skinny黑色牛仔和夹克

就这样 第二天早上 拖着旅行箱 我要回大连了

6

中午的时候 到了大连 妈妈 爸爸 姥爷姥姥 姥姨 姐姐 哥哥 叔叔阿姨什么的 来了一群人

然后 我们回家 因为是 我出国以后 搬家了 所以我都不清楚 新家在哪里 家里很漂亮 有榻榻米的书房 很大很大电视的厅 我的房间 很简单 床和衣柜而已

不过 没有亲切感

写到这里的时候 我发现 在大连这段 没有什么好写的 可能是 真的真的 回家了 所以心也不再波折了 洗了热水澡以后 在我的房间 我的床上 进入了很沉很沉的梦

7

一周 以后 回墨尔本 在大连机场安检 我随身的包 过机器的时候 发出响声 然后那个阿姨把我的包 打开看 里面装了我很多Aesop（伊索）奇怪瓶子的skincare（皮肤护理） 她拿了一个问这是什么 我说 爽肤水 她拿着看了看 不知道看懂了没 放了回去 又拿了一瓶出来 问 这个呢 我说 面膜 她又拿了

一个 我说 也是面膜

她服了 问我 你是演员吗

我想了想说 嗯 是的

嘿嘿 嘿嘿

8

回墨尔本的 飞机上 我觉得

我还能走得更远

还能 更坚强

能 更幸福

[2007年5月6日 即使 你骗我 我也想相信你]

欧文 生日 清晨四点的时候 就莫名其妙地醒来了

站在窗口 用Pola照了 日出时候的照片

亲爱的欧文

那些 我们一直好奇 而又有一些 惴惴不安的未来

有的时候 在我心里 隐隐约约地 感觉到

它们是 明亮的

[2007年5月15日 生日 快乐]

天天都上课 于是 只能辞去 city里饭店 和寿司店的工作 在家待业

想问 待业是不是 就是 等待就业啊

没有工作的我 在辽阔的山上 每天 早上吃Cheerios（雀巢脆谷乐） 晚上煮咖啡 一边用舅舅给的按摩笔刮脚心 一边看英国电影

读小说 洗澡 刮胡子 做面膜 或者是在厨房打发几个小时 觉得 养老可能就是这样

在荒山野岭找份工作也太难了 而且 我还没有车 周日的时候 徒步走了一个多小时 在葡萄园和有野鸭的湖的尽头 发

现一个 大公寓 似乎是酒店的样子 递了简历进去

回来的时候 路过有赌场的保龄球馆 也进去 递了简历

不过 我觉得 录用的概率都很小

[2007年5月20日 Kleenex tissues（舒洁纸巾）]

昨天 和朋友一起吃完火锅 玩真心话 大冒险

轮到 大家公认的是 美女的 同学的时候 她从来都不选大冒险

真心话 我出题

我说 讲一讲 你觉得最糗的 一件事

她想了很久 说 没有 我说怎么可能没有呢 她说真的没有 我说不可能啊……

然后 场面有点 尴尬 大家换了问题 继续玩

我在想 一个人怎么可能没有觉得 很糗的事情呢

我吧 一想就能想出来 一大堆

比如 小学二年级的时候 有一次 被高中混混抢了钱

他从后面 走上来 搂住我 把我带到小区里 偏僻的地方当时我很害怕地跟着他走

然后 他发现我身上 只有 五毛钱 他很生气

他把我按在墙角 说 你闭眼数一百个数 再回头 如果我发现 你提前回头 你死定了

他的 小刀 明晃晃的

我说 好 然后就跑到角落里 蹲下来 闭上眼 数数

我一直 数到 一百七十三 才 小心翼翼地回了头……

还有 小学 几年级 我忘记了

和爸爸 姨夫去洗桑拿

我躺在那里被人搓澡 洗浴大堂的 电视上 中央六台正放的一部 电影里面 男女主角 在high

然后 我就当着 搓澡的 和爸爸 姨夫 还有那些不认识的

男人 当场 stand up（站立）了

还有 大学时候 我暗恋的 小提琴老师 带我去看 中国青年小提琴家比赛决赛

我在心里 默默地把它当成 我和老师的一次约会

第一次 亲身观看 这么隆重的比赛 老师 带着我进场坐下 有很多人穿着很漂亮的衣服 在我前面

比赛开始了 整个音乐厅静悄悄的 咽口水的声音 都能听到 我屏住呼吸 因为老师在旁边 我很紧张

然后 第三个 男的出来表演一首 万马奔腾的 曲子的时候 我咽口水 的节奏跟着马蹄的感觉快了点 一下子 呛到气管嗓子里

就不停地咳嗽 又不好意思 使劲闭嘴 脸涨得通红 身子一颤一颤 老师看看我小声说 不要紧吧 我一边咳嗽一边说 没事

可是 就是很难受 忍不住一直 咳嗽 最后 我前边的人 都转头过来看我 有笑的 也有皱眉的

后来 我被老师 带了出去……也不知道 那男生 得奖了没

哦 不二 我想说的是 是不是 成了美女后 就不能有 糗事了呢 也不能选大冒险

没有糗事的人 真没劲呢

[2007年5月22日　下午三点一刻 用了一根小指的长度想你]

有的时候 我会突然明白一些事情

比如 今天b和我说话以后 我忽然发现 原来a不是 我想的那么好

他只是 出现在我生活里的 一个新的说谎者

昨天 晚上 做梦搬家

穿绿色制服的 外国警察帮我把 钢琴抬到楼上

我说 我做饭给你吃

他只是笑 然后 竟然在充满阳光的 新房间弹起钢琴来

看着他别在腰上的枪

我分不清 他弹的是 巴赫 还是 莫扎特

不过 我很喜欢

然后 我不知道怎么的 又来到 中央公园

所有的 在我梦里出现的公园 我都觉得应该叫 中央公园 我也不知道为什么

嗯 阳光很好 温暖到让你觉得 一生的时间太过漫长

公园的 长椅上 有一个老头在笑 看上去很幸福

奇怪的是 梦里的我 竟然不觉得他想起了他的小孙女

而是 想到 年轻时候 和 女孩子们做的 坏坏的 色色的事

不二 有的时候 我会觉得我 有点色

[2007年5月26日 和你 一起吃 米饭的日子]

没想到 两份 工作 都拿到了

会馆的工作是 承办婚礼和 宴会 我和 另外一个 叫涛尼的厨师 给 一百人左右做饭

我们会馆 上过 《时代》杂志 而且是 墨尔本举办婚礼的 Top 5

另外一份 保龄球馆的工作 是在 bingo 的日子 做食物的准备 这家店 给我的工资最高 大概 每小时 将近一百五十人民币

这里有 两个十七岁的美少年 学徒

叫 思低温的 给我做演示 怎么切 沙拉蔬菜的时候 切到手 出了很多血 我想他是 急于表现

下班以后 我们就坐在bar里 休息 思低温和爱诗 用手机传歌和图片 显得很 孩子气

回家的时候 思低温 问我多大 我说二十二 他说 shit（表示气愤或恼怒） 你看起来 和我们一样大

他问 你带证件了吗

我说 有 驾驶执照

他说 你帮我买一盒烟吧
我没好意思拒绝 不过 告诉他这是最后一次
他说 好的 好的 我也快十八了

[2007年6月2日 控 岛国调调]

最近 买了车 电冰箱 保险 交养路费 花了 很多钱

因为 买衣服的原则是 只买贵的 不买对的 所以最近都没买衣服

实在想买衣服的时候 就去买条内裤

我在骑车的时候 忽然想到你
在 葡萄园 看到很多袋鼠的晚上 也想你
怕你工作辛苦 怕你 钱不够花

亲爱的 不二 为什么 一个什么都没有所谓 又很没有责任感的人 会如此喜欢一个人呢

[2007年6月8日 有白羊和黑羊的玻璃杯子]

因为 房间里有 二十四小时 供应的 小暖气 所以 即使是冬天 晚上也觉得温暖

可是 又很多雨 早上骑车上班 雨水 打到脸上 很凉

西餐烹饪的课程 已经全部结束 剩下的是 酒店管理的部分 大概要读两年

所以 有课上 就不会饿的日子 已经结束了

我的邻居 韩国的 不来恩要回韩国了 临走前我和Sali请他吃饭

不来恩是 温文尔雅的韩国 好先生型男生 我觉得他很不错 后来我们晚上开车回去

他清晨五点的飞机 我说 我会送你

本来 想说 如果你一个人走的话 会觉得失落吧 可是又不清楚用英语要怎样清楚地表达 于是 就成了 执意要送你

然后 我想 干脆别睡觉了 看一部很无聊的恐怖电影 不知道 什么时候睡着 被闹钟 吵醒

清晨 四点时候 静悄悄的 又冷 我去不来恩房间 他送给我一些 不带走的东西 泡菜 咖喱 台灯 衣架

裹着睡衣 来到楼下 帮不来恩把行李放进去 上车的时候 他挺感动的样子 我们 握了握手 交换了邮件地址

后来 睡到 下午三点才起来 外面 还是小雨 觉得 无论如何也想出去跑步

其实 我和不来恩 虽然是邻居 可是彼此了解不深 但是 他走了以后 我就是觉得很 失落

[2007年6月15日 丢了一个又 一个的U盘]

之前在一个留学论坛里 看到一个男生写出国以后最大的收获 分别是 朋友 独立 和勤劳 觉得挺有感触的

外国人都很喜欢拥抱 见面总是 How are you 什么事情都喜欢 No worries（别担心） 男生都喜欢喝酒 女生听到音乐 就会跟着扭动

刚来的时候 大家有的叫我 安东尼 有的叫 东尼 有的叫

安森 那个意大利男生叫我 安东

后来 玩橄榄球的高滋 和思高看了我的申请表 知道我叫亮 他们见面的时候 就尝试叫我中文名字 亮他们叫不出来 于是就成了 狼 后边他们还喜欢加一个 啊

然后 见面的时候 就很大声地来一句 狼啊 接着上来拥抱

学生村里的同学 都会彼此照顾 没考驾照的我 就买了车 不过我只有L牌 必须和一个有Full牌的人一起学 或者去驾驶学校学 驾驶学校每小时需要五十刀 相当于三百多人民币……学了几堂课 我就觉得 太贵了 然后和学生村里的同学说 结果周一 和爱慕软 都有 Full牌执照 后来他们就教我开车 周一很谨慎 有的时候他送我打工 我说我来开 然后他会很认真地思考说 还是算了 现在是高峰期

自从有车以后 我就懒得骑自行车 上山下山的 一般都是同学来 接送 有一次是 晚上的班 前一天晚上 爱慕软不在 我问周一说 你能送我吗 周一说 他明天去city看同学 我说 哦 这样我自己开去好了 他说 别 然后 那天晚上睡觉以前 有人敲门 我开门一看 是周一 他很认真地看着我说 明天你要骑车去千万别自己开车 我说 好 好 No worries

爱慕软 很会教 我觉得比我的驾驶老师还好 什么 3 porints turn 或者 return park 他说 我喜欢你开车时候 转弯的感觉 不过你的缺点就是开得太快了 你这样去考试 肯定不行 有的时候我开车 开着开着就走神了 他就在车上大喊 Oh no 他说 你要是撞到别的人 我会打开门就跑 然后我就笑 还有一次 我和周一学车的后一天 和他开车 我们练车的那个山坡有根 路灯杆倒了 他非说是我昨天撞的

因为 语言的问题 闹了很多笑话 在庄园做饭 有一天有人预定八十多人的婚礼 厨师说今天有一个 vegan 我第一次听到这个词 问他是什么意思 厨师说 就是比vegetarian还素 连黄油都不吃 然后我就到一边做三明治去了 做完三明治 我跑去问大厨 给那个 vegan做什么 然后vegan的读音我忘记了 我说成了 vergan 大厨当然听不懂 他歪着脑袋问 什么 然后我开始拣嘴边顺口的 大声说 virgin（处女…… 当时我自己没反应过来）然后大厨一下子 明白了 他说 我不确定 那个vegan是不是 处女啊 窘……另外一次 我打工之后 爱慕软来接我 他问你晚上要不要去看 贾斯汀唱歌 因为 最近报纸 和电台都在说Justin Timberlake来墨尔本开演唱会的事情 所以我就以为是

他 我问 爱慕软 在哪里 他说就在我们学校的pub 是学校组织的 免费入场 因为贾斯汀的新专辑FutureSex/LoveSounds我很喜欢 所以我很激动就答应了 晚上我们开车去学校 在车里 因为刚来的中国小学妹不知道状况 我就给她解释说 我们去看贾斯汀的表演 她不认识贾斯汀 我就说 他得过格莱美 她不知道格莱美 我就说反正很红 她问 那为什么到我们学校来唱歌我说 这个我也不清楚 可能是那种 校园演出之类的 ……她终于理解了 然后开始点头 后来我们到了学校 去了pub 我一看不到一百人 这架势也不像有超级明星来的样子啊 我跑去问爱慕软 是不是 贾斯汀来唱歌 他说 你说哪个贾斯汀 我说就是那个超级明星啊 他一下明白了 然后他说 是我们hall里那个学音乐的Justin 今天在这里表演 他笑到不行 他说他忍不住了必须要去找个人告诉 当时我觉得很 ……哎呀 要怎么和小学妹解释呢……不过后来 还是没解释 我觉得她仍然不在状况也可能她明白了 不想揭穿我

[2007年6月26日 膝盖的味道]

我的房间 闹鬼

之前 就听说 我们这个校区 以前是个 女子监狱 死了很多人 于是 经常闹鬼 我没觉得什么

后来 连续几天晚上 我睡觉 都能听到 在床的周围 有人走路的脚步声音 打开 台灯 发现屋子里又什么都没有

还有一次 晚上睡觉 忽然醒了 意识很清楚 不过 整个身体都动不了 这样子 大概持续了 两三分钟

我把这件事 和 爱慕软说 他说 告诉你哦 你房间 之前住一个 女生 她在那个房间 住了 一周就搬出去了 说 晚上总能听到 奇怪的声音

不过 我就觉得 还好 也没有怎么害怕 渐渐地就习惯了 甚至晚上 上网到十二点左右 我会觉得 自己该睡觉了 好让小朋友出来散散步

觉得整个人 来澳洲以后胆子大了 即使深夜下班 骑车穿

过有奇怪叫声的树林 也觉得没什么 不知道 这算不算 进化论

听说 海岛上的鸟 为了适应生存 而慢慢长出锋利的爪

[2007年7月13日 Tommy Hilfiger 领子上的三角]

师父问我 如果有了机器猫 最想要什么

她说 她忽然觉得 随意门是最实用的

然后 我想了想说 可以换衣服的那个 照相机

师父 思考了一下 摇头说 朽木不可雕啊你

然后晚上回来以后 我就想 要个什么东西会让师父觉得我是一个争气的徒弟呢

竹蜻蜓吗 如果真的像 漫画里那样穿短袖飞那么高 岂不是很冷吗

记忆面包 听起来不错 可以用来记住recipe（配方） 不过即使是看老师上课的笔记 也不是很 麻烦啊

那么 放大缩小灯 等等 它本身是怎么缩小的呢

随意门吗 那也太扯淡了吧

亲爱的不二 突然我发现 尽管性格那么像野比康夫的我原来已经不可能拥有一个机器猫了 还是应该说不配 拥有了呢

想到这里的时候 我拉开了书桌左边的第一个抽屉

[2007年7月15日 Polaroid Rossa（宝丽来拍立得相机）]

下班以后 在回家的火车上 看完了最近一直在看的小说 是一个悲伤的小说 节奏很好 合上书以后 有一点失落 把头顶在车窗上

车窗里 我的眉间出现了一只眼睛 眉间有眼睛的 据我所知有四个人 杨戬 二郎神 闻太师和三目童子 闻太师不是很了解 因为他不是美少年 很早很早以前 我就觉得有三只眼睛很牛

小时候看封神榜 觉得杨戬是好人 看 西游记 觉得二郎神是坏人 后来有一次看书 说其实杨戬 封神以后上了天就成了二郎神 我觉得可能性不大 因为二郎神明明就是王母娘娘的

外甥啊 不过如果真的是这样 那杨戬养狗以后RP可不怎么样

接着又想到 哪吒 和红孩儿 他们俩 我一直搞不清楚 总混

在北京时 我去睿睿那里住 我的旅行箱 外套 帆布鞋子都是红色的 睿睿说 你是红孩儿啊

我接着说 红孩儿和哪吒我总是混 睿睿一边吃笋一边看电视说 可以理解

他们都踩风火轮 都用枪 都是处于叛逆期的小正太

当时我后背一凉 觉得 御姐就是用来膜拜的嘛

注意力又回到眼睛上 突然发现 根本不是厉害的三只眼 而是两只眼睛变成了一只

不是杨戬 不是三目童子 而是《魔戒》里 大脑和体积成反比的独眼怪人

笑了笑 把小说放到包里

[2007年8月8日 *The Way We Were*（《往日情怀》）]

不二 现在我想想 那些我最喜欢的 电影 无论是从电影院看的 还是买DVD或者网上 download（下载）的 大部分都是和朋友们一起看的

至于 为什么和几个朋友一起看电影会成为我觉得这个电影很经典的 前提 说实话我也搞不清楚小的时候 学校组织看电影 过马路的时候 可以和女生牵手 是很美妙的一个部分

因为在山上住很无聊 又没有网络 所以我从国内带了几乎一百部电影过来消磨时间 有一次 也不知道是哪根筋搭错了 半夜三更我跑到客厅里看《电锯惊魂3》

刚把DVD放进去 思高就过来了 他说他看到厅里灯亮了就过来看看 我说是《电锯惊魂3》

要不要一起看 他很有兴趣 说你等等 过了一会儿 不阮恩安德鲁和爱米粒也来了（在澳洲 电影DVD 都很贵 如果没有折扣的话 买影碟回家看 远没有去影院看合算 所以我一直觉得 老外没看过多少电影）

《电锯惊魂2》是小四推荐的 他说 你看一看啊 和《蝴蝶效应》一起看 先抽筋 然后再飞上天

《电锯惊魂2》伴着各种纠结的表情与声音（呻吟吗）不停地变换坐姿和电脑椅与显示器的距离 总算纠结地看完了

我觉得 看恐怖片 千万别憋着 害怕了你就喊 四仔应该也是这样想的 所以和工作室的 几只 在四仔家 “佳片有约”看《隔山有眼》的时候 就属我和四仔喊得欢 （撒撒为什么不喊呢）

但是这次不一样 我暗想 在国际友人面前看恐怖片 一定要 神情自若 落落大方（插播 工作室里谁最大方）一定要稳住

不知道其他几个男生是不是 也是这样想的 除了爱米粒不时把脑袋往安德鲁的怀里钻 男生们都表现得很勇敢

嗯 我也很勇敢 我稳住了 这时候 我发现如果稳住了 也没什么 没有什么传说中的内伤 只是 屏幕上显示 “GAME OVER（游戏结束）”的时候 用撒撒的话说 我突然觉得自

己level up（升级）了

在想《电锯惊魂3》老子都神情自若了 还有什么能让我尖叫的吗 恐怖片来得再凶猛些吧

这时候 我没注意思高已经拿出了碟片 他很认真地看着我的眼睛说 淘尼 你知道吗 你

刚才那表情吓到我了 我……

[2007年8月17日 一体机 很安静]

那天 不知怎么的 忽然想到 王菲的 演唱会 可能一辈子都听不到了吧

蔡先生在他的书里说 “亲爱的宝宝，将来如果你有喜欢的歌手，你要想办法去听他的演唱会，去跟其他和你一样喜欢他的人在一起。你不知道那个歌手会有名多久，你也不知道他会愿意活多久，你只能趁他还在的时候，让他变成你回忆的一部分。”

我想 她当然会有名很久很久 也很认真地活 所以她做她喜欢的事去了

老师涛尼 让我 在Melb Cup（墨尔本杯）时候 在VIP的套间当bar man（酒吧男招待） 四天时间 工资很好

我问 那几天没有课吗

他说 Melb Cup 我们都放假的 老师说 你看墨尔本多疯狂 一个赛马比赛 全市都放假

我说 这就是我 喜欢墨尔本的原因

老师又说 这个还不算疯狂 最疯狂的是 英国女皇生日 英国都不放假 我们放一天

我笑

[2007年9月7日 索爱 M600i]

亲爱的不二：

有一些男生 他们是有魔法的

可能是 可能是一个微笑时候的嘴角弧度 可能是上楼梯时候的一个动作 可能是不开心时候的一个表情 也可能是手指 皮肤 头发 或者 没有穿着整齐的卫衣

你会发现 每个班级 每组人群里都有一两个 这样的男生

他们 很自然地 就能让女生们你抢我夺 死心塌地 也总是有一些 所谓绿叶的男生陪伴左右

他们 似乎从来都不寂寞

我也有很多好朋友 可是和人交往的时候 总缺少那种魔法层面的东西 我是绿叶男生里的一员

嗯 我很羡慕那些 有魔法的男生呢

[2007年9月10日 去你 演唱会前 疯狂地背歌词]

有的时候 我觉得 所谓的幸福 都是别人眼里的

我们总是很容易觉得别人幸福 觉得自己可怜

[2007年9月21日 Do you remember（你记得吗）]

阳光明媚的 天气里 沿南大西洋 公路旅行 阳光照耀海岛海水清澈 波涛反复

我们盯着海面 期待 巨鲸出现

下午四点 在马路尽头看到 灯塔

它很孤单地 矗立于山顶 纯白 有鲜红色的圆顶

看到 灯塔的时候 我会很自然地想起你 只是 现在 我觉得 就算有一天 你不再指引我了 我也能找到回去的路

[2007年10月 最后一句啦]

如此失落的 我也长大了

关于 陪

在那那家 起来的早上 听见厨房里做饭的声音 那那在光秃秃的床垫子上 弓着身子睡着 想起来昨天晚上 放被子时候他说地上潮 非让我睡床 我坚持要睡地上 他就把褥子 和厚被子都抽出来让给了我

把被子盖在他身上以后 我开始上网 豆包敲门进来 说 你醒了啊 什么时候走

我看了下 列车时刻表 说 中午十二点左右吧

她说 今天不工作不行吗 我们晚上包饺子 你要是留在这儿 我给你发工资

我笑着说 你别彪了

过了一会儿 她端来 一碗汤 她说 本来想晚上做的 因为想让你尝尝就特意先做了一份 我自创的 牛骨小白菜汤

准备喝汤的时候 去冰箱拿吐司 看到里面的生日蛋糕 问今天谁过生日吗

我过生日啊 豆包说

竟然忘记她生日 我很不好意思 嚷嚷着要吃蛋糕来转移话题

没想到 豆包竟然很认真地说 这个蛋糕准备等晚上大家一起切的 不过我知道你要打工 特意给你买了一块cheese cake（奶酪蛋糕）说着 她从冰箱里 拿出来 面包店的 小盒子

在车站 等回山上的 火车的时候 想给她 发短消息 祝她生日快乐 从包里摸手机 摸到临走时候 那那硬塞给我的 头孢拉定 他说 你昨天晚上咳嗽得厉害 一个人在山上好好照顾自己 别光顾着赚钱

V/line穿过 空旷的米黄草原的时候 耳朵里 约翰·列农在唱 *Yesterday*（《昨天》）开始思考为什么

墨尔本冬天的时候会绿草黄花遍地 反而到了夏天 看起来却萧条了 思考了一会儿以后大脑 开始 放空

一首歌可以连续听上百次

长途旅行的话 喜欢独自一人 人多的时候心情就很低落 绝对是 派对终结者

很容易就能睡十二个小时以上

不喜欢 两人以上的体育运动

喜欢阅读 摄影 收藏 这样私自的爱好

师父知道我要搬到山上 她说 还好是你 要是别人在那地方 一定寂寞死了

可是 是不怕寂寞的人吗

那些你的 人生就是你的 或者 关于那些离群索居的生活的 描述 要相信多少呢

有些人 你会很认真地相信 他们会一辈子在一起

比如 蓝皮鼠和大脸猫

比如 汤姆和杰瑞

比如 家私听和不软恩

比如 阿呆和阿瓜

比如 机器猫与康夫

有的时候 觉得 自己不够好

自私 没主见 不够宽宏大量 容易自满 懒惰 给人不可靠的感觉 会想 这样的我 也会出现一个 ××× 然后和我组成一个

×××与安东尼的一辈子 这样的句式吗

后来想明白了 蓝皮鼠自作聪明 汤姆有点虐待狂倾向 不软恩自负 阿呆笨 机器猫没有原则

也许 不一定要做完美的人吧 会这样想

如果你 喜欢我…… 是不是 就会……也会这样想

关于 安东尼

其实 有很多很帅很好听的 男生的英文名字 比如 Nick 比如Sam 比如Craig 或者 Kian 不过他选了 安东尼

要怎么介绍呢 白羊座 大连 小臂可以合并 喝水总容易呛到 晚上睡觉会起来喝水但是不会半夜上厕所 不喜欢甜的东西却大把大把吃橡皮糖 183cm 63kg 牙齿咬合不好所以脸不正 墨尔本 酒店管理 黑眼圈 坐椅子上打字膝盖顶锁骨 没有耳洞没有文身 不戴项链戒指手链 这样 会有个概念吗

或者 那个叫 安东尼的 同学 在墨尔本 工作的时候 有天下班 领班说 今天布置VIP房间的花束 大家可以拿回家 他拿了一束 不知名的开得很繁盛的大红植物 想说 回去以后 送给经常给他做饭吃的 Toto

坐V/line 回家的时候 有从赛马比赛回来的 一对小青年 女的很漂亮 她从安东尼身边走过的时候 说 Wow 好漂亮的花 哪里买的呢 安东尼说 老板送的 女生说真漂亮 然后和男朋友 坐到安东尼 前面的位子上 安东尼 就想把花送给那女生

得了 不过又想 大家要一起坐车 四十多分钟不免尴尬 然后就想 等下车的时候吧 到站以后 安东尼 走上去 对那女生说 这个送给你好了

女生 表情有点喜悦和不知所措 微笑着说谢谢 然后 接过了花

之后 往家里走的路上 他想到那个 送人玫瑰 手留余香的话 然后很认真地 把手放到 鼻子前闻 心想 明明就是刚刚吃的 饿捷克的 cheese汉堡味儿嘛还是这样 比较有概念

又或者 纪实点 半小时前 他光着膀子在这里写东西 可是写东西 耳朵一定要堵上的 于是就拿Sony CD 出来 发现 不穿衣服线控没地方夹

然后就尝试 锁骨 发现 即使孱弱如安东尼 锁骨也宽得夹不上去

然后 又尝试 夹后面头发 发现 刚刚剪的这个 punk（朋克）头 把后面都剃光了 夹不住

然后 又往胸上夹 （因为穿衣服的 时候 就往这个地方夹）后来突然觉得 自己好SM

而且是 又S又M

于是 很邪恶地笑着 把线控夹到 耳朵上 这样吗

关于 度过漫长岁月

名叫 琶丝塔的狗君说 漫长是 女主人早上出门后一直到晚上楼梯里的 高跟鞋声

四月海边的 白色石头说 漫长是 寻找合适我的贝壳

竹椅上 的长着皱纹的老人说 漫长是 剩下的每一天

迁徙中的 鸟L说 漫长是 南方到北方 外加统一队形

上班族 的领带先生说 漫长是 地铁进站前的9分59秒

没有 名字的猫 爱搭不理地说 漫长是个P

我觉得呢 漫长就是 如果一辈子的时间 都用来做

夏日 午后起来去 大院门口买 冰镇Pepsi 然后去 初中门口看小朋友们放学 这样 神清气爽的事

也会觉得……胃疼啊

那些 关于你 关于我 关于我们 关于它 他 和她

关于之前 或者之后 或者再很久很久以后的
都彼此陪伴着度过吧

这样 如此寂寞的 我也长大了

红：陪安东尼度过漫长岁月 I

那些我们一直惴惴不安又充满好奇的未来

会在心里隐隐约约地觉得

它们是明亮的

后记

生活是一场又一场 对美好事物的 追逐

这样 稿子 就要完成了 觉得说 如果说 谢谢你的阅读这样的话 会显得很做作 又不帅

其实 一直怀着 矛盾 而又忐忑的心 写完这本书 因为它们真的真的 太私密了

写作过程大体顺利 可能因为 我不是遣词造句那一派的感觉上 就好像和朋友聊天 或者是 小学 讲故事比赛时候的心情和口气

这个 要完稿的早上 心情 不知道为什么变得 平和了 没有了叫嚣 没有了激动

画插画的 Echo同学 对我说 你 今天有点不对劲啊

因为她之前都说 我是披羊皮的 狼

所以我说 我今天可能 把羊皮穿上了 还拉了拉链 ……我看 她传过来的插画的时候 觉得过去的一两年 那些日子 一幕一幕地 翻转着 这个 时候 会在心里小声对自己说 哦 真的过去了啊

Echo是个很能让人放心的画手 不会像我这样跳tone 文字给她一两天 就能得到我想象中的样子 我们的 合作 好像佳能打印机 和佳能墨盒搭配工作的感觉

我会觉得 她的画怎么可以把文字这么好地融合进去

她会对我说 为什么有些我自己都说不清楚的心情 这么轻易地就被你说出口了

清晨下了雨 现在是晴天 天上的 云一朵一朵的 又连成片 厚重的 影子 落在山地的盆地 附近的金属状的屋顶却反着强烈的光

我们都很 仔细地思考 定义过 所谓幸福的生活 不过 我们都没有认真地 活

但是 我又会觉得 没有认真生活没有什么 也会觉得 偶尔难过失落也没有什么

嗯 如果有你在的话

这里的课程 还有两年 毕业以后想回国

回到朋友 和喜欢的人身边

幸运的话 就在不热闹的地方 开个小西餐店 用黑板写食谱

可以做咖啡 做高级料理 也可以做三明治 和cheese蛋糕 下午不忙的时候 可以午睡 或者擦玻璃酒杯什么的

之后的几年 或许 出现别的事 别的人 感觉就是 也可以啊

好吧 我们就这样走下去 看看还有什么……

这样

红：陪安东尼度过漫长岁月 I

图书在版编目（CIP）数据

红：陪安东尼度过漫长岁月. Ⅰ / 安东尼著. --
长沙：湖南文艺出版社, 2023.12（2024.8重印）
ISBN 978-7-5726-1366-1

Ⅰ. ①红… Ⅱ. ①安… Ⅲ. ①散文集－中国－当代
Ⅳ. ①I267

中国国家版本馆CIP数据核字(2023)第212800号

红：陪安东尼度过漫长岁月Ⅰ

HONG PEI ANDONGNI DUGUO MANCHANG SUIYUE Ⅰ

作　　者：安东尼
出 版 人：陈新文
责任编辑：李　阔
出版统筹：邓　理
选题策划：付　婷
装帧设计：松树@CONS PROS
内文设计：胡小西
美术执行：杨　平　阿　娅
插画绘制：Echo
出版发行：湖南文艺出版社
（长沙市雨花区东二环一段508号　邮编：410014）
网　址：www.hnwy.net
印　刷：深圳市福圣印刷有限公司
经　销：新华书店
开　本：787mm × 1092mm　1/32
字　数：160千字
印　张：8
版　次：2023年12月第1版
印　次：2024年8月第2次印刷
书　号：ISBN 978-7-5726-1366-1
定　价：48.00元